MW01673898



ISBN: 978-1998775309

Informazioni di contatto: lorhainneeckhartautriceromance@gmail.com

# L'eroe perduto

L'EREDITÀ DEI FRIESSEN

LIBRO TRE

**LORHAINNE ECKHART**

## L'eredità dei Friessen

Una lunga serie di romance familiare contemporaneo. Segui gli uomini forti e sexy della famiglia Friessen nella loro ricerca dell'amore e in tutte le avversità che affrontano per proteggere le loro famiglie.

## L'eredità dei Friessen

Il bambino dimenticato (Brad ed Emily)
Un bambino e un matrimonio
L'eroe perduto (Andy, Jed, ed Diana)
Il risveglio (Andy ed Laura)
Segreti (Jed ed Diana)
Fuga (Andy e Laura)
In ritardo (un corto della serie Outsider)
La tempesta inaspettata (Neil e Candy)
Il matrimonio (Neil e Candy)
La scadenza (Andy e Laura)
Il prezzo dell'amore (Neil e Candy)
Un diverso tipo di amore (Brad e Emily)
Un voto d'amore, un Natale della famiglia Friessen
La Riunione
La linea di sangue (Andy & Laura)

La promessa (Diana & Jed)
Il piano d'affari (Neil & Candy)
La decisione (Brad & Emily)
Primo amore (Katy)
La famiglia prima di tutto
Lascia la luce accesa
Nel momento
In famiglia: Un Natale della famiglia Friessen
Nel silenzio
Tra le stelle
La seduzione
Conseguenze inaspettate
Sei sempre stato tu
La prima volta che ti ho visto
Tra le mie braccia
Benvenuti a Boston
Ti amerò sempre
Regole di base
Una ragione per respirare
Tu sei tutto
Qualsiasi cosa per te
Ritorno a casa
Stai lontano da mia figlia
Il cattivo ragazzo
Un posto da chiamare nostro
Il Visitatore
Tutto sul Devon
Molto tempo dopo l'alba
Come guarire un cuore
Tienimi nel tuo cuore

## *La storia continua in... L'eroe perduto*

**Una storia d'amore di seconde opportunità inaspettate.**

Diana Fulton, una giovane avvocatessa, è tornata nella sua città natale in cerca di vendetta, non avendo mai dimenticato come è stata trattata da bambina, gettata nel sistema dopo che lei e sua sorella sono diventate collaterali in un gioco tra due uomini potenti, tutto a causa dei segreti e delle bugie di sua madre.

Per quindici anni ha ricordato il nome Friessen, il nome dei suoi aguzzini. Nonostante la difficile mano che le è stata assegnata, ha pianificato il giorno in cui avrebbe potuto vendicarsi. L'unico problema è che nulla è semplice e facile, soprattutto quando si tratta di vendicarsi. Quando arriva alla porta di Jed Friessen nel suo ranch in rovina, trova un uomo che non assomiglia affatto a suo cugino o a suo zio e inizia a mettere in discussione tutto ciò in cui credeva.

Infatti, Jed le dimostra gentilezza, compassione e qualcosa che non credeva possibile: che un uomo può davvero guardarla le spalle. Ma i sentimenti di rabbia e sfiducia che l'hanno accompagnata per tanto tempo sono riempiti da una promessa che ha fatto a se stessa e a sua sorella. Riuscirà Diana a mettere da parte l'odio per vedere che la cosa che non sapeva di stare cercando da tutta la vita è proprio davanti a lei? Un uomo che ama una donna farebbe qualsiasi cosa per lei, ma lei deve correre il rischio di amare.

# CAPITOLO
# *Uno*

Diana scostò la tenda di pizzo color crema che svolazzava nella brezza e si affacciò su un cortile adornato di rosa e bianco spumeggiante, con nastri, fiocchi e più fiori di quanti ne avesse mai visti. Il sole di mezzogiorno aveva reso il cielo di un blu intenso, cielo che capeggiava su chilometri di terreno aperto. Per Diana quello era il paradiso. Diversi lunghi tavoli erano drappeggiati con stoffe bianche di pizzo, i bicchieri impilati a piramide. I camerieri indossavano camicie bianche e quelli che pensava fossero un centinaio di invitati al matrimonio erano tutti vestiti con il loro abito migliore della domenica. File di sedie bianche si affacciavano su un bellissimo pergolato ricoperto di rose bianche e rosa e un arco in cui si intrecciava una catena di fiori, una vista spettacolare, completava il tutto. C'erano tutti: lo sposo, la sua famiglia e gli amici di North Lakewood. Ma non ci sarebbe stata nessuna famiglia per Diana e nessun padre ad accompagnarla all'altare.

Lasciò cadere la tenda di pizzo antico e si allontanò

dalla finestra quando il suo futuro marito la guardò dal cortile. L'amore nei suoi occhi non aveva mai smesso di toglierle il fiato e lei dovette ricordare a se stessa da dove era venuta. Questo non era un sogno, ma era così reale. Che sarebbe tornata a North Lakewood era stata una promessa fatta a se stessa, una promessa di rabbia, di punizione, di giustizia, ma non aveva mai immaginato di trovare l'amore o di scoprire che esistevano, in realtà, uomini veramente onorevoli e coraggiosi. Quell'uomo, che l'aspettava fuori, era il suo eroe, che la amava così profondamente e che aveva capito chi fosse veramente. Ricordando ciò a cui era sopravvissuta, Diana sapeva che quel che non l'aveva uccisa, l'aveva solo resa più forte.

Presto sarebbe diventata la signora Friessen, sposando un uomo che sapeva avrebbe combattuto tutte le sue battaglie al posto suo, se glielo avesse permesso. Era un uomo fiero e forte che le avrebbe sempre guardato le spalle e l'avrebbe sempre protetta, e forse era per questo che, ancora una volta, doveva ricordare a se stessa che tutto quello era reale.

Si guardò un'ultima volta nello specchio antico della camera in cui si era cambiata. Passandosi un dito sotto l'occhio, si asciugò una lacrima che non si era accorta di aver versato, non di tristezza ma di gioia, quella che non aveva mai creduto di poter provare. Il trucco era perfetto e, guardando i suoi vividi occhi blu, non vide più la ragazza terrorizzata e arrabbiata, piena di disillusione e di odio che era stata un tempo. I suoi capelli rosso fuoco erano pettinati e appuntati in riccioli a cascata, un velo bianco scintillante con rose bianche era fissato dietro la sua nuca. Si lisciò lo chiffon dell'abito da sposa, sentendo una stretta al petto, ricordando ancora una volta a se stessa che tutto quello era reale, quando un leggero bussare alla porta della camera da letto interruppe i pensieri con cui era stata lasciata sola per troppo tempo.

Si voltò verso la porta chiusa, sentendo voci e risate all'esterno.

"Diana, sei pronta?"

Emise un respiro e annuì a al suo riflesso nello specchio quando la porta si aprì e una donna, che conosceva appena, le rivolse un sorriso gentile prima di avvicinarsi a lei, porgendole un bel mazzo di rose bianche e rosa. Diana lo prese, sentendo gioia e amore anche in quel semplice gesto.

"So che tutti stanno aspettando", disse Diana. Guardò lo splendido bouquet mentre si voltava verso lo specchio e la sua immagine, respirando di nuovo il profumo delle rose.

“È così. Tu sei pronta?"

Si costrinse a fare un altro respiro, chiudendo gli occhi per un secondo, ricordandosi da dove fosse venuta. Poi si voltò, con la gonna che frusciava, e sentì un sorriso sfiorarle le labbra per la gioia che non riusciva a trattenere. "Sì, sono più che pronta", disse. "È tutta la vita che aspetto questo momento".

# CAPITOLO *Due*

Diana Claremont era nata tredici anni prima in un ospedale della contea, oramai bruciato da tempo. Aveva una madre, una sorellina e nessun secondo nome. Aveva chiesto solo una volta a sua madre perché non ne avesse uno, come era usanza per tutti i bambini a scuola, ma la sua unica risposta era stata "Non essere ridicola". Aveva un nome: Diana. Non c'era motivo per un secondo nome che non sarebbe mai stato usato. La madre di Diana, Faye Claremont, non era il tipo di donna che si preoccupava di ciò che pensassero gli altri. Non passava il tempo con le sue figlie, preparando biscotti o rimboccando loro le coperte, e non le importava nulla di ciò che potessero pensare, sentire o se seguissero le regole stabilite dalla società.

Fin dai suoi primi ricordi, a Diana sembrava di aver sempre badato a se stessa e credeva che il suo unico dovere fosse rimanere fuori dai piedi di Faye. Era grata che le giornate autunnali fossero ancora abbastanza calde da permetterle di correre a piedi nudi fino al ruscello, di esplorare il fitto bosco dietro casa sua e di sdraiarsi nell'erba alta, sognando qualsiasi altra vita che non fosse la sua. In quei momenti, poteva ancora credere nelle favole, nei principi e nei cavalieri a cavallo, sperando che un giorno, presto, un principe sarebbe arrivato e l'avrebbe portata via da quella vita. Poi, apriva gli occhi e respirava la realtà degli armadi vuoti e della fame, indovinando sempre di che umore sarebbe stata sua madre, e sentiva un dolore vuoto dentro che non avrebbe mai potuto colmare.

Si alzò a sedere, sentendo il peso dei suoi pantaloni sfilacciati e della maglietta marrone fango consumata. Aveva gambe e braccia magre, folti e lunghi capelli rossi che non era mai riuscita a domare. Inspirò il dolce profumo delle more ancora completamente mature mentre si sedeva in mezzo a un campo, sotto il sole splendente e il cielo azzurro intenso senza nuvole. Le cime degli alberi verdi ombreggiavano il sentiero tappezzato che si snodava attraverso la fitta foresta dietro casa sua, fino a un grande campo aperto. Quel paradiso era il luogo in cui poteva nascondersi, osservando la sua sorellina di quattro anni, Louisa, in un vestitino giallo sbiadito, che raccoglieva succose bacche e se le infilava in bocca.

Louisa non aveva i capelli rossi e gli occhi erano di un'altra tonalità di blu, ma Diana non sapeva chi fosse il padre di Louisa. Allo stesso modo, non sapeva nemmeno chi fosse il suo. Il suo stomaco brontolò, desiderando di nuovo qualcosa di diverso dai frutti di bosco per riempire il vuoto. Ma il latte nel frigorifero, pensò Diana, era andato a male e sapeva che gli avanzi di cibo cinese in un cartone erano per sua madre, che si era addormentata profondamente quando se n'erano andate, dopo essere inciampata e svenuta, ubriaca, una volta chiuso il bar. Aveva imparato da tempo a non svegliarla mai in quelle occasioni.

Diana sapeva che prima o poi sarebbero dovute tornare a casa. Man mano che il sole si abbassava, si alzava il fresco autunnale, ma per un momento, Diana fantasticò su qualcosa di meglio, una madre felice che avrebbe offerto loro un sorriso, che si sarebbe alzata al mattino per preparare la colazione, dare il buongiorno e forse, solo per una volta, dirle quanto volesse bene a lei e a sua sorella. Una madre che fosse presente per loro, che parlasse, ascoltasse, si prendesse cura di loro, invece della disinteressata Faye Claremont, i cui molti umori Diana aveva imparato a gestire da tempo.

"Louisa, dai, dobbiamo andare", chiamò Diana, spazzolando l'erba dai suoi calzoncini. Si affrettò verso la sorella proprio mentre questa si infilava in bocca un'altra bacca, il cui succo nero le macchiò il vestito e il viso. "Oh no, Louisa, la mamma si arrabbierà".

Ma sapeva che sua sorella non capiva. La fissava con occhi assenti, una bambina che conosceva il nome di Diana e solo un'altra manciata di parole. Sua madre la chiamava stupida, ma Diana sapeva che si trattava di qualcos'altro. Sua sorella prendeva ogni mattina delle pillole per le crisi epilettiche, che aveva da quando era piccola. Diana si chiese se fosse per questo che a volte strillava e non si poteva ragionare con lei. Le prese la mano e la tirò con sé, affrettandosi a percorrere il sentiero a piedi nudi verso la vecchia casa di cedro a due piani, con il portico cadente e le finestre marce.

Si affrettò verso la porta. Il vecchio parquet era scheggiato e consumato qua e là. Diana conosceva abbastanza gli stati d'animo di sua madre per capire che uno sguardo a Louisa e al pasticcio con le more l'avrebbe fatta inveire, furiosa. I pasticci erano qualcosa che sua madre non voleva mai pulire. La porta della zanzariera cigolò, così come il pavimento.

"Diana, dove sei stata, ragazza? Prepara la cena", gridò la mamma dall'unico bagno che condividevano. "Devo incontrare il signor Friessen alla rimessa delle carrozze, quindi devo uscire subito. Sai che non mi piace farlo aspettare".

"Scusa, mamma", disse Diana mentre tirava Louisa verso il vecchio doppio lavello della cucina, dove la porcellana era crepata e il rubinetto gocciolava. Aprì il rubinetto e sollevò la sorellina, ben consapevole che la madre fosse ancora in bagno a truccarsi, come faceva ogni sera prima di uscire. Sentì uno sferragliare e capì che probabilmente stava arricciando i suoi lunghi capelli rosso intenso. Diana lavò via il succo di mora appiccicoso dalle mani e dal viso di Louisa, poi prese il vecchio strofinaccio consunto vicino al lavandino e la asciugò.

Percorse il corridoio fino al bagno, la cui porta era socchiusa. Sua madre si stava truccando gli occhi azzurro cielo e applicando uno spesso strato di mascara. Una sigaretta arrotolata bruciava accanto al lavandino e l'odore di erba era denso nell'aria. Faye indossava già una gonna nera attillata e tacchi a spillo. Per un attimo, spostò lo sguardo direttamente su Diana e la fissò dallo specchio. Alla ragazza non sfuggiva mai quanto fosse bella sua madre. Allo stesso tempo, quello sguardo le disse che, qualunque fosse lo stato d'animo di sua madre, non era felice.

"Sei stata via quasi tutto il giorno, Diana. Hai fatto qualcosa che non avresti dovuto fare?".

Cosa intendeva dire con questo sua madre? "Stavo solo giocando nel bosco, raccogliendo bacche...".

"Bene, bene", disse Faye. "Senti, farò tardi. Todd Friessen mi porta in quella nuova steakhouse, una delle migliori della città, e muoio dalla voglia di provarla. Gli piace davvero viziarmi. Tieni a mente le mie parole, Diana: un uomo ricco come Todd Friessen è il nostro biglietto per uscire da questo inferno. Un giorno sarò la sua signora. Me lo merito e, per Dio, lo avrò. Essere sua moglie mi renderà importante in questa città, e allora guarderò dall'alto in basso tutte quelle donne pettegole che mi hanno parlato male alle spalle e mi hanno sbattuto la porta in faccia. Sì signore, puoi scommetterci che avrò l'ultima parola su di loro quando sarò sposata con un uomo che possiede tutto ciò che ha Todd Friessen. Il potere che ha in questa contea sarà mio. Segnati le mie parole! Okay, come sto?"

Sua madre non guardava lei ma lo specchio. Diana aveva sentito tutti i sussurri e i nomi crudeli e offensivi rivolti a sua madre. La gente aveva chiamato sua madre "spazzatura", "disgraziata" e le avevano persino detto che la mela non cadeva troppo lontano dall'albero. Diana pensava che si riferissero al suo aspetto, ma capì che le loro parole erano destinate a pungere e colpire, anche se non era vero niente di ciò che dicevano. Sapeva che Todd Friessen aveva una moglie e una cattiveria che poteva trasformarsi in un attimo quando non otteneva ciò che voleva. Aveva sentito troppe volte dire dalla gente del posto che Faye era il suo nuovo giocattolino, non che sapesse cosa significasse esattamente, anche se aveva sentito abbastanza dalla camera da letto di sua madre e dal cigolio delle molle del letto per capire cosa il signor Friessen facesse con lei prima di tornare a casa dalla moglie.

"Stai benissimo, mamma", disse. Sapeva che sua madre non voleva sentire altro.

Faye la guardò, lasciando che i suoi vividi occhi blu si soffermassero su di lei. "Ti ho vista fare gli occhi dolci al giovane Andy quando l'altro giorno si è presentato con quella bicicletta per te. È stato molto gentile a comprarla. Spero che tu lo abbia ringraziato a dovere. Non voglio che Todd pensi che tu sia un'ingrata, mi hai capito? Vedo il modo in cui guardi Andy, con gli occhi a palla. È dannatamente bello, proprio come suo padre, e si è laureato quest'anno. Ho sentito dire che esce con la figlia del sindaco e che dovrebbe anche sposarla, quindi non mettere gli occhi su di lui".

Era lo schiaffo che si aspettava, che sembrava provenire sempre da sua madre.

"Ha vinto una cosa da cowboy", continuò Faye. "Todd me ne parlava. Il giovane Andy si è divertito a giocare nel rodeo, ma suo padre ha dei progetti per lui. Lo lascia giocare un po' prima di mandarlo al college e poi lo farà entrare in politica. Forse un giorno sarà a capo del Paese. Suo figlio sta seminando avena selvatica, è tutto quello che gli ho detto... proprio come suo padre". " Si lasciò sfuggire un sospiro e poi si mise a ridere.

Diana avrebbe voluto metterla al corrente di tante cose su Andy Friessen. "Andy è una star del rodeo, mamma", disse. "Ha vinto la sfida di taglio maschile e tutto il resto. È il secondo anno che la vince. È davvero molto bravo! E non ho chiesto io la bicicletta. Mi sono impigliata i pantaloni nella catena della bici e Andy si è fermato quando mi ha vista. Ha detto che la catena era arrugginita e ha cercato di ripararla...".

Il modo in cui la madre la fissava fece smettere Diana di parlare. Il fatto era che Andy l'aveva salvata, liberandole i pantaloni, e aveva persino aperto la cassetta degli attrezzi nel retro del suo pick-up per cercare di riparare la catena arrugginita di quel rottame della sua vecchia bicicletta. Poi aveva gettato la bici sul retro e l'aveva accompagnata a casa. Non aveva condiviso questa parte con la madre. Il giorno dopo, lui era arrivato con il suo furgone con una bicicletta rossa nuova di zecca per lei, e fu quel giorno, grazie alla sua gentilezza, che lei giurò che lo avrebbe amato per sempre. Si ritrovò a cercare il suo furgone ogni giorno, sperando di intravederlo.

"Faccio del mio meglio, Diana", disse Faye. "Spero che tu non ti sia lamentata con lui e non glielo abbia chiesto. Si prende quello che si prende e ci si accontenta". Per un attimo pensò che sua madre fosse arrabbiata con lei e si desiderò non averle parlato di Andy.

"Certo che no", disse lei. "Te l'ho detto, l'ha comprata solo perché è gentile".

Sua madre si limitò ad annuire e a fare una smorfia. "Anche lui è dannatamente bello. Alto, scuro, proprio come suo padre. È un buon partito e anche di più. Se avessi dieci anni di meno, farei vedere al giovane Andy un paio di cose...". Sua madre sorrise alla sua immagine nello specchio e si lasciò sfuggire di nuovo una risata sommessa.

Un nodo si strinse nello stomaco di Diana. Non era una sciocca; sapeva cosa le stesse suggerendo sua madre.

"No, Andy è tutto ciò di cui Todd parla, pensa, ha dei progetti per lui", disse Faye. "Dice che tutto quello che fa è per suo figlio. Ma vedo tutte le donne che inseguono Andy, sperando che lui le noti. Sì, è un buon partito." Batté con la mano il vecchio bancone giallo scheggiato del bagno. "Okay. Ho pulito di nuovo questo bagno, quindi assicurati che Louisa stia lontana dai miei trucchi. Ieri ha giocato qui dentro con la mia crema per il viso e ha fatto un pasticcio, e sai che non mi piace pulire un pasticcio che non ho tempo di pulire. Tienila fuori di qui. Cucina un po' di quegli hamburger congelati nel freezer per la cena. Sono sicura che il pane sia finito. Dovrai mangiarli senza. Oh, accidenti! Ho dimenticato la mia collana...". Sua madre si portò una mano al petto, con le lunghe unghie dipinte di rosso intenso, e poi uscì di corsa dal bagno. Diana ascoltò il rumore dei suoi tacchi mentre saliva le vecchie scale di legno.

Diana tornò fuori e vide la sorellina seduta per terra che masticava un pastello. "No, no, Louisa..." esclamò e corse verso di lei, a piedi nudi, per prendere il pastello giallo e pulirle i pezzetti dalla bocca. Raggiunse l'unico libro da colorare che Louisa aveva, sul vecchio tavolino che era arrivato con la casa, e lo aprì su una pagina appena scarabocchiata. Le mise in mano il pastello e le disse: "Colorami un disegno. Non metterlo in bocca. "

"Come sto?" Faye chiamò dalle scale, dove traballava su tacchi rosso scuro, ora con indosso una gonna rossa e un reggiseno di paillettes rosse. A quanto pareva, anche lei era cambiata. Era davvero bellissima.

"Stai benissimo, mamma", disse Diana. Faye aveva una mentalità univoca quando si trattava di uomini, e ultimamente era tutta per Todd Friessen.

"Vado", disse Faye. "Ciao, tesoro. Sarò a casa quando sarò a casa. Di nuovo, non fare un pasticcio che devo pulire". Si chinò per dare un bacio sulla testa di Diana e uscì dalla porta senza guardare Louisa.

Diana guardò attraverso la finestra mentre Faye si affrettava verso la sua nuova Jeep, di un colore rosso intenso, impressionante. Non sapeva ancora dove avesse preso i soldi per comprarla, visto che non c'erano mai abbastanza soldi per il cibo, ma pensava che avesse qualcosa a che fare con le pillole che confezionava sul tavolo della cucina. C'erano notti in cui veniva svegliata da sua madre che arrivava a casa con persone che non conosceva. Gli alcolici scorrevano a fiumi così come le droghe, insieme alla musica e alle ore piccole del mattino.

Mentre la jeep si allontanava lungo il vialetto stretto e pieno di alberi, Diana si chiese quali sorprese l'avrebbero attesa quella sera: estranei e festeggiamenti o Todd Friessen nella camera da letto di sua madre?

Allo stesso tempo, mentre fissava la polvere, tutto ciò che rimaneva di sua madre nel vialetto, desiderava che Andy Friessen tornasse a controllare che stesse bene, che le dicesse che le voci secondo cui lui usciva con la figlia del sindaco non erano vere. Un giorno, forse, sarebbe venuto a corteggiarla e l'avrebbe portata via da tutto quello, il suo eroe. Poteva avere solo tredici anni, ma c'era qualcosa in Andy Friessen che le faceva giurare che lo avrebbe amato per sempre. E forse, un giorno, pregava, sarebbe diventata sua moglie.

# CAPITOLO
## *Tre*

Qualcosa andò in frantumi e sferragliò. Diana si alzò di scatto nel letto, ascoltando le familiari imprecazioni da ubriaca di sua madre e sentendo il freddo della fresca notte autunnale. Diede un'occhiata all'orologio sul comodino, che segnava l'una e dieci del mattino, presto per Faye. Sua madre non si sforzò di fare silenzio mentre si aggirava in cucina, ma d'altronde non lo faceva mai quando portava la festa a casa.

Diana ascoltò un'altra voce, un altro suono, mentre scivolava fuori dal suo letto caldo. La temperatura stava scendendo e lei rabbrividì mentre strisciava verso le vecchie scale di legno e si fermava in cima con il suo pigiama sottile, aspettandosi di vedere una mezza dozzina di persone che fumavano e bevevano. Ma ascoltò e non c'era nulla, nessuno. Forse fu per questo che un sospiro di sollievo le sfuggì dalle labbra mentre scendeva con cautela le scale.

"Mamma, sei tornata a casa presto", disse.

Faye traballava sui tacchi a spillo contro l'isola della

vecchia squallida cucina. Puzzava di alcol di bassa qualità e, invece del fumo di sigaretta, Diana pensò che fosse il familiare tanfo di erba e di qualcos'altro che avrebbe voluto non conoscere, ad aleggiare aleggiava nell'aria.

Sua madre aprì le credenze vecchie e marce. Erano quasi tutte spoglie di cibo. "Dov'è tua sorella?", biascicò.

Diana avrebbe voluto dire: "*Dorme, naturalmente, e io dovrei essere lì con lei, visto che è passata la mezzanotte*". Ma questo le sarebbe valso un'ammonizione, dato che sua madre non avrebbe mai sopportato le chiacchiere, così si morse la lingua e disse con calma: "Sta dormendo, mamma. Le ho messo una coperta in più, perché stasera fa più freddo. Sai quando verrà riempito il serbatoio del gas, così avremo il riscaldamento?". Era un'altra cosa che sua madre non aveva fatto e Diana cominciava a preoccuparsi, visto che le notti si facevano sempre più fredde.

Sua madre non si voltò mentre barcollava sui tacchi. Il mascara le si era sbavato sotto gli occhi e dal modo in cui la guardava, Diana si chiedeva spesso se la odiasse. Faye agitò la mano come se non sapesse o non le importasse di tenerli al caldo, di dar loro da mangiare o di qualsiasi altra cosa Diana pensasse che una madre avrebbe dovuto voler fare.

"Ho altre cose per la testa, Diana. C'è sempre qualche problema che arriva alla mia porta. Vuoi dirmi con chi hai parlato?".

Ecco, quella sensazione come se il tappeto stesse per essere strappato da sotto i suoi piedi. Sua madre la fissava con una cattiveria che l'aveva sempre terrorizzata. Lo stomaco di Diana si annodò di nuovo e non riuscì a muovere la lingua. Questa era la madre imprevedibile che non capiva, e sapeva che stava cercando di ottenere qualcosa.

"Hai la lingua lunga, ragazza? Quella maledetta assistente sociale è venuta a ficcanasare oggi, mentre eri a scuola, facendo un sacco di domande su Louisa, su di te, guardandosi intorno come se avesse l'idea che non mi occupassi di te. Poi ha chiesto di vedere tua sorella. Hai parlato di nuovo con qualche consulente a scuola, dicendo loro cose su di me che non avresti dovuto dire?".

Diana sentì il viso formicolare mentre si sforzava di pensare a ciò che avrebbe potuto aver detto. A scuola era sempre stata attenta, non aveva mai detto molto ogni volta che la facevano uscire dalla classe, facendo troppe domande su sua madre, se parlava con suo padre, dove viveva e se la sua sorellina era mai stata visitata da un medico. Perché si concentravano su di lei?

"Non rispondi, ragazzina?".

Faye ondeggiò e si avvicinò, probabilmente pronta a colpire.

"No, mamma, non ho parlato con nessuno. Sai come la pensano sul fatto che sei una madre single. Vogliono scovare qualcosa, tutto qui. Non ho detto nulla". A influenzare il giudizio della preside c'era anche il fatto che sua madre sembrasse una prostituta da due soldi, le poche volte che era stata chiamata a firmare qualcosa per Diana a scuola.

Faye ondeggiò di nuovo, evidentemente soddisfatta di ciò che aveva detto. La spallina del suo top nero di paillettes, a malapena decente, era strappata e la gonna era macchiata di qualcosa di marrone, mentre incespicava verso il tavolo e sprofondava in una vecchia sedia di legno. Lasciando cadere la testa sulle braccia, scoppiò in lacrime e urlò, come se qualcuno stesse cercando di ucciderla. Questo era sempre la parte peggiore per Diana. Si avvicinò alla madre e le passò una mano sui capelli rosso intenso, facendola scorrere delicatamente sulle onde. Faye mugolò e si voltò verso di lei.

"Pensi che io sia bella, piccola? Pensi che gli uomini mi trovino ancora desiderabile? "

Sapeva cosa sua madre voleva sentirsi dire, e non era la verità. Accidenti, non voleva parlare di uomini a sua madre. Era solo una ragazzina che conosceva troppi lati oscuri di ciò che accadeva tra un uomo e una donna. Tutto ciò che aveva sempre voluto era una madre che fosse presente per lei e Louisa, invece di una che cercasse un uomo a cui aggrapparsi per risolvere tutti i suoi problemi.

"Certo che lo sei, mamma. Qualsiasi uomo sarebbe fortunato ad averti".

Faye le allontanò la mano con uno schiaffo. Si alzò a sedere, gettò la testa all'indietro e sbuffò, emettendo una risata profonda e gutturale. Diana odiava quando sua madre si comportava così. Il suo umore oscillava tra alti e bassi, peggio quando beveva, peggio ancora quando si impasticcava o fumava o sniffava qualsiasi cosa le capitasse a tiro. Quella sera, Diana poteva dire che aveva fatto un po' di tutto. Glielo si leggeva in faccia, negli occhi. Imprevedibile, pericolosa, selvaggia.

"Mamma, hai fame? Ci sono dei maccheroni avanzati nel frigorifero. Posso scaldarteli".

"No, non voglio una cena. Voglio qualcosa da bere. Dov'è il liquore?". Faye iniziò ad alzarsi e barcollò, perdendo l'equilibrio e ricadendo sulla sedia. Sua madre era ormai al limite, e presto sarebbe svenuta. Era sempre la stessa cosa. Diana cercò di capire se sua madre fosse mai stata sobria per un periodo di tempo significativo.

"Mamma, te lo prendo io. Tu resta seduta lì". Diana si affrettò verso l'armadietto aperto vicino al vecchio frigorifero, che conteneva mezza bottiglia di gin, il flacone di pillole che sua sorella prendeva ogni mattina e nient'altro. La bottiglia di succo di frutta lì dentro era sparita una settimana prima. Avevano bisogno di generi alimentari, di cibo, ma non era il momento di parlarne. Prese un bicchiere nello scolapiatti e lo posò davanti alla madre.

"Sei una brava ragazza, Diana, ma quella dannata idiota di tua sorella sta portando dei guai alla mia porta, facendo arrivare gli assistenti sociali come se si preoccupassero davvero di lei. Bastava metterla in una casa di cura con qualche pedofilo e nessuno se ne sarebbe preoccupato. Ma non te. Tu ti occupi sempre di me. Se non fosse per te, farei i bagagli e me ne andrei. Sì, lo farei. Certi giorni vorrei poter andarmene da qui e non guardarmi mai indietro. Non ho mai chiesto questa vita. "

Diana girò la testa, ricacciando indietro le lacrime. Non sapeva cosa avrebbe fatto se sua madre l'avesse abbandonata e temeva che un giorno Faye non sarebbe tornata a casa. E Louisa, così indifesa, si chiedeva se la sorellina sapesse quanto la madre la odiasse. Perché era arrivata l'assistente sociale? Ogni giorno che andava a scuola, lasciava la sorella da sola con la madre, che sembrava essere sempre arrabbiata, una donna con un sesto senso per l'infelicità degli altri. Non poteva far sapere a sua madre quanto l'avesse ferita, o il lato crudele di Faye sarebbe passato all'azione, dicendo cose ancora più crudeli che al mattino dopo, non avrebbe mai ricordato.

Diana si chiese di nuovo, come faceva spesso, perché sua madre non potesse amarla. Chiuse gli armadietti che sua madre aveva aperto a forza, ascoltò Faye che riempiva il suo bicchiere e sospirò, voltandosi per vederla bere direttamente tutto il bicchiere di gin e poi versarne un altro. Ancora qualche minuto e poi avrebbe potuto sgattaiolare via, perché non sarebbe passato molto tempo prima che sua madre appoggiasse la testa sul tavolo e svenisse. Almeno stasera poteva essere grata di una cosa: non ci sarebbe stata nessuna festa.

# CAPITOLO
# *Quattro*

Il sole del lunedì mattina aveva appena superato l'orizzonte e sua madre era ancora svenuta sul tavolo della cucina. Quella vista non le era estranea. Diana aveva scuola quella mattina e, mentre si lavava il viso in bagno, sapeva di avere solo un'altra ora prima di dover uscire. Ma uscire dalla porta e lasciare sua sorella con la madre svenuta era qualcosa che non poteva fare.

Si era appena passata la spazzola tra i capelli rossi aggrovigliati quando sentì un rumore di colpi alla porta d'ingresso. Per un attimo, non seppe cosa fare. Il cuore le martellava nel petto e, mentre usciva di corsa dal bagno, a piedi nudi nel suo pigiama blu sbiadito, lanciò un'occhiata a sua madre, che non si era mossa, con una mano intorno al bicchiere, la testa appoggiata sul tavolo e la bottiglia vuota di gin sul pavimento.

La porta tremò. Mentre il martellamento continuava, Diana era convinta che si sarebbe spaccata. Si affrettò ad aprire la serratura e quando la aprì, trovò fuori Andy Friessen, alto, scuro e furioso. La superò, entrando in casa, senza rivolgerle una parola o uno sguardo.

"Che cosa hai fatto a mio padre?", gridò, dirigendosi verso sua madre, che ancora non si era mossa, e sbatté entrambe le mani sul tavolo con una forza tale che il suono rimbalzò, come un colpo dritto, su Diana. Sobbalzò e il cuore le tornò a battere forte quando vide la rabbia negli occhi di quell'uomo, che fissava sua madre. Per un attimo temette che le avrebbe fatto del male.

Faye gemette, Diana rabbrividì nel freddo del primo mattino e chiuse silenziosamente la porta. Andy prese a calci la sedia su cui si trovava la madre finché questa non si agitò e per poco non cadde. "Che diavolo...?" gemette Faye, sollevando la testa, probabilmente ancora ubriaca. L'odore rimaneva quello della sbronza che aveva preso tempo prima.

"Diana?" Louisa piagnucolava dalla cima delle scale. Naturalmente era spaventata, ma lo era anche Diana, che guardava sua madre inciampare sulla sedia. Andy fece un passo avanti e si diresse verso di lei, con la furia che gli usciva a ondate.

Diana si costrinse a deglutire, si precipitò sulle scale e corse da Louisa, che si stava strofinando gli occhi, in piedi nella camicia da notte gialla con cui Diana l'aveva messa a letto.

"Ti ho fatto una domanda, e faresti meglio a rispondermi! ", gridò Andy.

Diana si avvicinò a Louisa, sapendo che stava tremando. Non riuscì a capire cosa disse sua madre mentre riportava Louisa giù per le scale.

"Mio padre torna sempre a casa", disse Andy. "Ma abbiamo dovuto cercarlo per tutta la notte prima di trovarlo stamattina alla rimessa delle carrozze, svenuto... e non è stato l'alcol, Faye. So benissimo cosa fa con te lì. Sgualdrina da quattro soldi, cosa gli hai fatto?".

Faye era rannicchiata contro il muro della cucina. Le occhiaie nere le ricoprivano gli occhi a causa del mascara scadente. Louisa afferrò il sottile top del pigiama di Diana, ma non riuscì a distogliere lo sguardo. Il cuore le martellava nel petto. Non aveva mai visto questo lato di Andy Friessen, un lato che la terrorizzava.

"Non ero con lui, ieri sera", replicò Faye. "Qualunque cosa sia successa, non sono stata io. Non si è mai presentato dove avrebbe dovuto. Sono tornata a casa presto e sono stata qui tutta la notte. Sai che Todd ha una scuderia di donne con cui va a letto regolarmente. Non è solo con me. Quando si stanca di una, sai che ne trova un'altra preferita. Va a letto con mezza contea. "

Diana sapeva sempre quando sua madre mentiva. Era tardi quando era arrivata ubriaca e aveva raccontato di aver incontrato il signor Friessen alla rimessa delle carrozze, un cottage a mezzo miglio da lì. Diana non ci era mai entrata, ma sapeva che si trovava sul terreno dei Friessen, proprio come la loro casa.

"Sei una bugiarda", disse Andy. "Tutti sanno che eri con lui. Tutti sanno che sei sempre alla rimessa delle carrozze, a nascondere la droga, a venderla, a fare cose che non dovresti fare. La Jeep che guidi non è proprio impercettibile. Mentire è esattamente quel che non tollero! Mio padre lo ha ignorato per molto tempo, ma qualsiasi cosa tu abbia fatto ieri sera, hai esagerato. Sei una donna pericolosa, Faye. Guardati. Puzzi di droga, di alcol...". Andy smise di parlare e Diana lo osservò mentre trascinava lo sguardo oltre sua madre, osservando la vecchia cucina, gli armadietti chiusi. Temeva cosa stesse pensando. "Forse vivi qui grazie alla generosità di mio padre, ma sei cattiva, Faye. Questa casa di merda è qui solo perché mio padre non l'ha fatta demolire. Dovrebbe farlo. Attiri tutti gli uomini rispettabili di questa contea con il tuo fare da puttana. So che mio padre non è un santo, ma che tu sia maledetta, Faye, tu e i tuoi bastardi. Siete una macchia assoluta per questa comunità".

Diana si rese conto di aver sussultato. Non aveva mai sentito un tale odio da parte di Andy. Lui doveva averla sentita, perché le puntò addosso i suoi duri e gelidi occhi blu, lampeggianti di disprezzo, e disse: "A che ora è tornata Faye?".

Si rese conto che stava parlando con lei. Dal tono della sua voce, poteva percepire la richiesta, la rabbia, l'odio. Cosa diavolo avrebbe dovuto dire? Guardò sua madre, il cui volto era bianco come un fantasma e la fissava in un modo che la fece indietreggiare di un altro passo, tenendo ancora in braccio sua sorella.

"Verso mezzanotte, credo, più o meno", disse.

Faye inciampò verso di lei, a piedi nudi, e la colpì sul lato della testa, mancando di poco Louisa, le cui braccia magre erano avvolte intorno al suo collo. "Menti, ragazzina! Non darle retta, figliolo. Mente sempre".

Louisa urlò e seppellì la testa contro la spalla di Diana. Le sue gambe erano avvolte intorno alla sua vita e Diana sentì le lacrime scorrerle sul viso. Sentì il bruciore dello schiaffo della mano di sua madre, la vergogna e l'umiliazione quasi troppo forti.

Andy non fece nulla, e il modo in cui lasciò che il suo sguardo indugiasse su di lei, così insensibile, prima di tornare a guardare Faye, le fece più male di qualsiasi altra cosa. "Sì, beh, è quello che fanno i Claremont, no?

Mentire. Tale madre, tale figlia. È questo che insegni ai tuoi, no? "

Guardò la bottiglia vuota sul pavimento e la prese a calci per farla sbattere contro il muro, poi spostò di nuovo lo sguardo su Faye. "Ascolta, Faye! Hai finito con le bugie. Questa volta hai esagerato. Ti do tempo fino a sera per andartene da questa proprietà. Mi fai schifo, le prostitute, i festini, la droga. Tutti in questa contea sanno cosa spacci qui. Ho detto a mio padre di sbatterti fuori molto tempo fa. Non farai più queste cose sul nostro terreno, mi hai sentito? "

Lo stomaco di Diana si riempì e il suo cuore ebbe un tonfo. Avvicinò Louisa a sé.

"Non puoi farlo!", urlò Faye. "Ho pagato l'affitto e ci sono leggi che ci proteggono. Tuo padre non sarà mai d'accordo. "

"Proteggerti? Non hai mai pagato un centesimo di affitto, Faye. Qualunque cosa pensasse mio padre, lasciandoti stare qui, ti garantisco che ora è rinsavito". Si lasciò sfuggire una risata sguaiata. "Questa è la terra della mia famiglia, un'altra vecchia casa di merda che avrebbe dovuto essere bruciata molto tempo fa. Non avete alcun diritto qui. Devo solo fare una telefonata allo sceriffo e dirgli delle tue pillole, delle tue droghe e di qualsiasi altra cosa tu stia vendendo nella nostra proprietà e verrai rinchiusa per molto tempo. Come ho detto, è meglio che tu non sia qui quando torno stasera. Questa è la mia occasione per darti una possibilità, che non meriti". Si girò per andarsene.

"Andy, no, aspetta!" Faye gridò. Diana sentiva l'odore dell'alcol a buon mercato che sembrava trasudare da lei mentre inciampava verso Andy e gli afferrava il braccio, ma lui la scrollò di dosso e lei ricadde sul pavimento, con la gonna che si sollevò e la cinghia della cavezza che si strappò ulteriormente, scivolando giù, esponendo ancor di più il suo seno pieno.

Andy spostò lo sguardo su Diana. Si aspettava una qualche forma di compassione verso di lei, ma non c'erano più il sorriso che le rivolgeva di solito, le strizzatine d'occhio e la gentilezza che lui le aveva sempre rivolto di sfuggita. Si strinse le mani mentre fissava sua madre, che era ancora sul pavimento. "Dico sul serio, Faye. Devi uscire entro il tramonto, perché se non lo fai ti rado al suolo insieme a questo posto. Avrei dovuto farlo molto tempo fa. Avevo detto a mio padre di sbarazzarsi di questa casa, che non è altro che un cesso abusivo. "

Aprì la porta e la sbatté dietro di sé con tanta forza da far tintinnare le finestre e Diana ascoltò mentre lui accendeva il motore, sentendo il getto di ghiaia quando sgommò via. Sua madre non si alzò, ma si limitò a piangere, forte e rumorosa, sul pavimento. Louisa cominciò a piagnucolare e Diana era intontita da ciò che era appena accaduto. Non poteva essere vero, ma lo era, fin troppo.

Dove diavolo sarebbero andate?

Strofinò la schiena di Louisa, cercando di calmarla. "Va tutto bene, Louisa. Shh... non piangere. Mamma, cosa facciamo? ", chiese, ma la madre si limitò ad avvolgerle le braccia intorno alla testa, piangendo, bloccata nella sua stessa infelicità. La vita era così dannatamente ingiusta. Diana aveva solo tredici anni e Andy Friessen l'aveva appena dipinta con lo stesso pennello con cui aveva dipinto sua madre.

# CAPITOLO
## *Cinque*

Diana non riusciva a togliersi dalla testa le parole di Andy. Tirò fuori un sacco nero della spazzatura e ci infilò dentro i vestiti suoi e di Louisa, tutto quello che avevano, poi fissò il flacone di pillole che sua sorella prendeva ogni mattina. Ne erano rimaste sei, quindi gettò anche quelle nel sacco. Non c'erano valigie o scatole.

Il nodo allo stomaco le si strinse un po' di più. I segreti di sua madre e tutto ciò in cui lei aveva messo le mani fino a quel momento, avevano fatto cadere su tutti loro qualcosa di orrendo e irreversibile. Ripiegò le coperte sul letto, poi scese le scale verso la cucina, lanciando un'occhiata a Louisa, intenta a giocare con i sacchetti di carta che Diana aveva trovato sotto il lavandino.

"Posso prendere questo?", chiese e si chinò verso Louisa, che le porse uno dei sacchetti. Lei lo scosse, lo mise sul vecchio bancone e infilò i piatti e le tazze dalla credenza.

"Che ci fai lì, ragazza?", biascicò sua madre, ancora

ubriaca, entrando in cucina con i capelli bagnati dalla doccia. Indossava un paio di pantaloncini di jeans e una maglietta attillata. Almeno la puzza di sudore e di profumo pesante era stata lavata via, ma Diana si rese conto subito che sua madre doveva aver trovato un'altra bottiglia in cui affogarsi.

"Sto facendo i bagagli. Dobbiamo partire stasera", disse Diana. Era ancora intontita e lo stomaco le si annodava non per la fame, ma per la paura di non sapere dove sarebbero andate.

"Beh, metti via tutto. Non ce ne andiamo. Questa è casa mia. Me l'ha data Todd. Quel pezzo di merda pensa di potermi buttare via così, beh, gliela farò vedere io" Faye agitò la sua mano sottile, con lunghe unghie rosse, prima di tornare in bagno, dove l'asciugacapelli si mise a ruggire.

Louisa corse da Diana e si aggrappò alla sua gamba, strofinandosi gli occhi stanchi e piagnucolando, altra cosa che sua madre non sopportava. Naturalmente, Louisa era stanca per lo sfogo mattutino furioso di Andy e probabilmente, aveva fame. La tensione in casa era così forte che si sarebbe potuta tagliare con un coltello, e sua madre avrebbe perso la testa a causa di Louisa, se non avesse smesso di piagnucolare.

"Louisa, per favore, tesoro. Colorami un disegno", disse Diana. Sollevò Louisa, la portò nel piccolo soggiorno e la mise vicino al vecchio tavolo, dove c'erano l'unico libro da colorare e una piccola scatola di pastelli, ma Louisa non si sedette. Gettò i pastelli e batté i pugni contro Diana, strillando con un piagnisteo acuto: "Vai fuori, vai fuori! "

Diana non aveva tempo per questo. Prese Louisa in braccio e la portò con sé. Sporgendosi dalla porta del bagno, intravide nello specchio squallido e rotto una ragazza magra con i capelli aggrovigliati e il viso stanco e pallido, che teneva in braccio un folletto magro e dai capelli scuri. Faye si stava preparando come ogni sera e si spruzzava i capelli, ricoprendoli con uno strato di lacca dopo aver sistemato tutti i riccioli. Il suo viso era ricoperto di trucco pesante e Diana non aveva la minima idea di cosa stesse facendo, visto che non era nemmeno mezzogiorno.

"Mamma, Andy ha detto che dobbiamo andare", disse. Perché sua madre non aiutava, non faceva qualcosa, qualsiasi cosa, per trovare loro un altro posto?

Diana guardò Faye che prendeva il tubetto di mascara nero e lo applicava per rendere ancora più lunghe le sue ciglia già rigogliose. "Andy Friessen è solo una testa calda e ha esagerato, Diana. Non ha il diritto di buttarci fuori. Ha oltrepassato il limite con i suoi scatti d'ira. È solo arrabbiato per qualcosa e io sono stata il primo bersaglio. Gli uomini sono così, sai. Gridano, urlano, si sfogano e il giorno dopo, si dimenticano di tutto. Quindi non preoccuparti. Rimetti tutto a posto. Ora devo uscire. Abbiamo bisogno di soldi e so esattamente dove andarli a prendere". "

Qualunque cosa significasse, Diana non lo sapeva, ma non credeva nemmeno di volerlo sapere. Sua madre non la degnò nemmeno di uno sguardo, mentre emetteva un pesante sospiro e studiava la sua immagine nello specchio prima di uscire dal bagno, sorprendentemente ferma sui suoi piedi pur continuando a farfugliare. Diana la sentì nell'armadio al piano di sopra e capì che stava scegliendo i suoi vestiti per la notte, senza dubbio qualcosa di attillato e scollato.

Diana era in piedi nella cucina aperta dopo aver

messo a terra Louisa, che ora si stava togliendo i calzini. Il nodo allo stomaco le si era stretto ancora di più. Aveva visto il disprezzo negli occhi di Andy e sapeva che non si stava solo sfogando. Aveva detto sul serio. Aveva condannato lei e sua sorella, insieme a Faye e i suoi peccati. *Che tu sia maledetta, mamma! Cosa hai fatto al signor Friessen?*

Diana odiava questa responsabilità, tutte queste preoccupazioni. Questa casa, questa proprietà, era l'unica in cui erano rimaste abbastanza a lungo da poterla chiamare casa, tutto di questo posto le era ormai famigliare, per quanto squallido, e non voleva lasciare le poche cose che possedevano.

Sua madre uscì dalla porta, questa volta senza salutare, con un vestito nero che la copriva a malapena e con dei tacchi che Diana non sarebbe mai riuscita a calzare. Diana ascoltò la madre accendere la sua Jeep, poi si allontanò dalla finestra e osservò le credenze aperte della cucina dove aveva tirato fuori i piatti da impacchettare. Tornò lentamente dentro e prese una scatola di maccheroni accanto a un barattolo di burro di arachidi. Prese una pentola dalla credenza e la riempì d'acqua prima di metterla sul fuoco a bollire, e sperò che, almeno questa volta, sua madre avesse ragione.

Diana stava svuotando la vasca da bagno, dopo aver indossato il suo sottile pigiama blu e aver messo a letto Louisa, quando sentì il suono familiare della Jeep di sua madre. Uscì nel corridoio e guardò l'orologio sulla stufa, notando che erano appena le dieci. Doveva ancora lavare la pentola dei maccheroni e le due scodelle sporche sul bancone.

Sentì la madre sulle scale di servizio, poi il rumore di altri veicoli e si affrettò a uscire dal bagno proprio mentre la madre irrompeva dalla porta. I fari sfrecciavano attraverso la finestra. Una festa, sul serio? La surrealtà del momento la colpì e non sapeva se fosse il disordine in cucina o il comportamento irregolare della madre che temesse di più in quel momento.

Faye sbatté la porta e la sprangò prima di fare un passo indietro, e il nodo allo stomaco di Diana si attorcigliò ancora di più quando sentì i passi pesanti all'esterno, poi un tintinnio della porta prima che venisse aperta a calci, con lo stipite che si scheggiava. Sua madre fece un balzo indietro e gridò, ma quattro cowboy dall'aspetto rozzo, uno dei quali imbracciava un fucile, entrarono con Andy Friessen alle spalle.

"Ti ho detto di andartene, Faye!".

Diana non riusciva a muoversi. Per un attimo, pensò le stessero fischiando le orecchie, o che fosse Louisa a mugolare dal piano di sopra? Si costrinse a guardare le scale, non i cowboy, poi si mosse, correndo su per le scale fino alla camera da letto che condivideva con Louisa, che era seduta sul letto, strofinandosi gli occhi. Diana le avvolse una coperta contro l'aria fredda, poi la sollevò tra le braccia, sentendo delle grida dal piano di sotto, ma non riuscendo a capire cosa stessero dicendo.

Il suo primo pensiero fu quello di nascondersi, ma poi sentì lo scricchiolio del pavimento e uno strano uomo con un cappello da cowboy che non aveva mai visto prima si piazzò in piedi sulla porta, le fece un gesto e le disse: "Esci subito da lì. È ora di andare".

Il cuore di Diana ebbe un sussulto e camminò a piedi nudi fino alla porta della camera da letto, dove lui le afferrò il braccio e le premette la mano sulla schiena. Cominciò a scendere le scale, i vecchi gradini di legno scricchiolavano. Sua madre era già fuori e continuava a piangere e a gridare davanti a Andy. Due uomini in giacca di jeans erano in piedi dietro di lei, e lei era in ginocchio nella sporcizia, cercando il braccio di Andy, implorando: "Ti prego, Andy, non farlo! Io e le mie bambine non abbiamo un posto dove andare. Come puoi buttare fuori una mamma single? Ho trovato una soluzione per vivere qui con tuo padre. Questa è la nostra casa e il mio posto, giusto e onesto. Tuo padre non permetterebbe mai una cosa del genere. Lascia che lo chiami. Fammi parlare con Todd. È solo un grosso malinteso...".

Di cosa diavolo stava parlando sua madre? Diana era fuori a piedi nudi, con in braccio a sua sorella, e lanciò un'occhiata al grosso cowboy dietro di lei, che non le rivolgeva nemmeno un cenno di gentilezza. Per un attimo, sperò che Andy vedesse lei e sua sorella, ma lui si avvicinò al lato del suo lussuoso pick-up e aprì la portiera del passeggero. Lei si rese conto che era Todd Friessen a uscire dall'auto, tenendo la portiera, con un aspetto tremante e pallido. C'era qualcosa che non andava. Andy sostenne il braccio del padre come se non potesse stare in piedi da solo.

"È qui che ti sbagli, Faye", disse Todd. "Ho sopportato i tuoi scherzi per molto tempo, ma ieri sera hai esagerato. Se c'è una cosa che tutti in questa contea sono abbastanza intelligenti da sapere, è che non devi metterti contro di me, mai! Mi hai drogato, puttana! Sei fortunata se non ti sbatto in una cella di sei metri per tre per il resto della tua vita. Sono stato generoso, dato che Andy ti aveva già avvisata di andartene entro sera. Ascoltami quando ti dico che ti darò cinque minuti per prendere tutto quello che vuoi all'interno, e poi farò radere al suolo questa baracca in modo che tu non possa più tornare. Lasciate questa contea e non metteteci mai più piede".

Diana sentì l'avvertimento, la rabbia, ma rimase intontita mentre guardava i cowboy, che immaginava lavorassero per i Friessen, pronti a fare qualsiasi cosa Todd e Andy dicessero loro. Il tempo scorreva, ma sua madre se ne stava lì, così Diana si precipitò da lei, tenendo ancora in braccio Louisa.

"Mamma...?", gridò. Scosse il braccio della madre e lentamente Faye sembrò uscire dal suo torpore e la guardò. Era buio, ma poteva vedere il dolore, la rabbia e qualcos'altro che conosceva troppo bene.

"È tutta colpa *tua*! ", sbottò Faye. "Se non fosse per te e per quell'idiota di una ragazzina, sarei fuori a fare la bella vita. Gli uomini vi guardano e scappano. Ho rinunciato a tutto per colpa vostra. "

Quanto tempo avevano? Diana non ebbe il tempo di elaborare l'ennesimo schiaffo della madre mentre si affrettava a raggiungere la jeep, ad aprire la portiera, a far scivolare Louisa sul retro e ad allacciarle la cintura. "Resta qui", disse prima di correre a piedi nudi verso la casa, passando davanti al cowboy che l'aveva accompagnata. Salì di corsa le scale fino alla loro camera da letto e prese il sacco dell'immondizia con i vestiti suoi e di Louisa, prima di sentire il grido dall'esterno: "Tiratela fuori di lì e bruciate tutto!".

Diana afferrò le scarpe vicino alla porta proprio mentre uno dei cowboy si avviava con una torcia verso di lei. Tornò di corsa alla Jeep senza guardare Todd, che era appoggiato al pick-up di Andy e infilò la borsa nel retro accanto alla sorella, poi infilò i piedi nudi nelle scarpe.

Andy si trovava faccia a faccia con sua madre. Il suo

odio era qualcosa che non avrebbe mai dimenticato. "Faye Claremont, vattene da qui e non farti più vedere in questa contea",

disse. "Ho chiuso con i tuoi giochetti, con la prostituzione, con il tuo inseguire mio padre, con la droga, con l'alcol. Ogni famiglia di questa contea mi ringrazierà per averti cacciata da qui. Ma guardati! Non sei altro che una prostituta da due soldi. Ora vattene dalla nostra proprietà e non farti più vedere qui o te ne pentirai". "

Poi, Andy si voltò verso i cowboy dietro di lui. Quello sulla vecchia veranda aveva in mano una fiaccola e la porta d'ingresso era spalancata. Andy sollevò il braccio in aria, strinse la mano e urlò: "Brucia! "

Il cowboy entrò in casa, ci fu un fruscio e poi le fiamme guizzarono ovunque, mentre lui usciva. Diana non poté far altro che guardare con orrore l'unica casa che avesse mai conosciuto bruciare, portando con sé tutto ciò che aveva lasciato.

Fissò Andy Friessen, un giovane che aveva giurato di amare per sempre. Era stato il suo eroe, ma all'improvviso era diventato il suo nemico. E fu in quel momento che Diana giurò che un giorno, avrebbe avuto giustizia.

# CAPITOLO
# *Sei*

La giornata era calda e l'aria condizionata era a palla. Diana era in viaggio da ore e, dopo quindici anni, i negozi di North Lakewood avevano ancora qualcosa di familiare: il negozio di ferramenta con l'insegna bianca e blu, la farmacia, che ora era un negozio tutto-a-un-dollaro. Con la coda dell'occhio, un cowboy le si parò davanti, e lei schiacciò il piede sui freni così forte che le gomme stridettero e il suo cuore ebbe un tonfo. Guardò con orrore l'uomo che sbatteva il pugno sul cofano del suo SUV. Accidenti, l'aveva quasi investito!

Il suo cappello da cowboy era logoro e la fissava attraverso il parabrezza. "Ehi, pazza, stai cercando di uccidermi? Che diavolo ti prende?".

Era arrabbiato, lo capiva, ma poi lui si avvicinò al finestrino dell'auto e capì che non aveva finito. Evidentemente, aveva qualcos'altro da dire. Per un attimo pensò di ignorarlo, ma poi premette il pulsante e abbassò il finestrino.

"Mi dispiace. Non ti avevo visto", disse.

Era alto, con le spalle larghe e gli occhi color whisky, e non aveva un sorriso per lei mentre si toglieva il cappello da cowboy per scoprire i capelli castani con onde naturali. Scosse la testa e indicò la strada. "Sai cosa c'è proprio di fronte a te?", chiese.

Si rese conto che lui non sarebbe stato gentile e lei non era dell'umore giusto per avere a che fare con un cowboy arrogante, quindi non disse nulla.

"Non rispondi? Lascia che ti aiuti. Quelle sono due linee bianche, il che significa un passaggio pedonale. Il pacco che portavo è rotto perché mi è caduto quando mi hai quasi investito. E se fossi stato un bambino? Pensaci per un attimo. "

Perché diavolo aveva detto una cosa del genere? "Ma non lo sei", disse lei. "Sei un uomo adulto che avrebbe dovuto guardare dove andava. Invece, ti sei messo davanti a un veicolo in movimento. Credo che sia tu a doverti scusare con me".

Dal modo in cui la fissava, sapeva che non era divertito e Diana lo sentì imprecare sottovoce. La sua mano era appoggiata sul finestrino aperto e lei lasciò che il suo sguardo si posasse lì. "Caspita, signora, lei è proprio un bel tipo", disse lui.

Diana si costrinse a guardare il pacco a terra, poi tornò a guardare l'attraente cowboy con un atteggiamento molto deciso. C'era qualcosa di familiare in lui. Sentì un colpo di clacson alle sue spalle. Era proprio quello che non voleva fare, attirare l'attenzione su di sé in un luogo da cui era stata cacciata da bambina.

"È ridicolo", affermò ancora Diana. "Si allontani dal mio veicolo". Gli fece cenno di andarsene e poi alzò il finestrino, osservando il modo in cui lui indietreggiava. Diede gas al SUV e sentì uno schiocco mentre passava sopra qualcosa e, mentre girava l'angolo, guardando nel retrovisore, intravide il cowboy che alzava il pugno in aria, probabilmente verso di lei. Aveva investito qualsiasi cosa lui avesse lasciato a terra.

Sentendo quella paura che non provava da tanto tempo, guidò lungo l'isolato, individuò il familiare ufficio postale e ci parcheggiò davanti, poi diede un'occhiata alla strada, con una paura irrazionale, per vedere se fosse stata seguita.

Un confronto furioso con un abitante del luogo era esattamente ciò che non doveva accadere.

"Dai, Diana, datti una calmata". Lasciò uscire un respiro tremante, appoggiando la mano sulla portiera, riflettendo su ciò che stava facendo.

Ripensò a quel giovane alto e moro che l'aveva schiacciata e aveva distrutto la sua vita anni prima.

Scese dal SUV in una strada familiare e diversa allo stesso tempo, prese la sua ingombrante borsa e la fece scivolare sulla spalla prima di salire sul marciapiede e guardare a destra e a sinistra, sentendo quella scomoda ondata di vulnerabilità. Doveva essere quel posto a farla sentire in quel modo, così si costrinse a fare un respiro e poi si avvicinò direttamente alla porta del vecchio ufficio postale in mattoni rossi. Era vestita con un prendisole rosa e sandali bassi. I suoi lunghi capelli rossi erano legati in una coda di cavallo ordinata e si era applicata solo un accenno di trucco.

La signora dell'ufficio postale allo sportello indossava una camicia blu e bianca, era giovane, semplice e chiacchierona; l'unica altra cliente oltre a lei era una donna anziana che se ne andò un minuto dopo.

"Posso aiutarla?"

Diana fece un passo avanti, guardando solo una

volta la porta che si stava chiudendo. "Sì. Vorrei comprare una dozzina di francobolli".

"Certamente". La giovane donna li fece scivolare sul bancone e digitò l'importo nel registro. "Non la riconosco. È di queste parti?".

Giusto, Diana non era più in città da molto e nessuno la riconosceva più, ma tutti parlavano. Le piccole città erano amichevoli e ficcanaso. "No, non sono di qui. Vivevo qui quando ero giovane, ma mi sono trasferita anni fa. A quanto pare, molte cose in questo posto non sono cambiate. "

La giovane donna, che immaginava avesse la sua età, con gli occhi castani, era ora appoggiata al bancone. "Alcune no, ma molte sì, e non in senso positivo. Ricordo che, quando ero piccola, c'erano solo negozi a conduzione familiare, ma ora sembra che tutti vadano al grande centro commerciale che il signor Friessen ha costruito alla periferia della città. Ha dato a tutti i negozi a conduzione familiare un'opzione per affittare uno spazio là fuori, e alcuni si sono trasferiti, ma il fascino della nostra piccola città è ora, odio dirlo, scomparso...".

Diana si chiese se il suo viso rivelasse il suo sgomento. Quando sentì il nome le si annodò lo stomaco. "Signor Friessen?" disse, facendo del suo meglio per apparire disinvolta, ma si chiese se la signora dell'ufficio postale avesse colto lo stridore della sua voce.

"Lo conoscete? Beh, in realtà sono padre e figlio, Todd e Andy Friessen. Possiedono molte proprietà qui intorno, o le possedevano. Tutti sanno che i soldi vengono dalla moglie di Todd. Hanno comprato molti terreni ed edifici. Una famiglia ricca di soldi ma non di molto altro, il matrimonio, intendo. A pensarci bene, non credo che la signora Friessen passi molto tempo qui.

Ho sentito che ha una casa in Francia e anche a est. Soldi vecchi, sa cosa intendo, e con legami. "

Mantenne la voce bassa e diede un'occhiata alle spalle di Diana per assicurarsi che non ci fosse nessun altro. "A dire il vero, è uno scandalo. Todd Friessen ha un'amante, e tutti lo sanno. L'ha appena sistemata nel centro commerciale con un negozio di caramelle in una posizione privilegiata. È ridicolo quanto sia palese. Poi c'è Andy. Non sono sicura del motivo per cui lo segua dappertutto, anche se ho sentito che ha discusso con suo padre della situazione, se capisce cosa intendo. "

Diana sbatté le palpebre mentre il suo stomaco si annodava di nuovo. "Quindi Todd Friessen ha un'altra amante".

La postina si accigliò. "Todd Friessen ha sempre avuto un'amante. Credo che abbia questa da due anni. Non so perché la moglie rimanga sposata con lui. L'ho vista solo qualche volta, ma mi ricorda una principessa di ghiaccio, che va in giro con un palo infilato nel culo. Mi chiedo perché gli uomini e le loro amanti lo facciano. Penso che sia solo una questione di soldi, rimanere sposati con una donna che non si ama. E quella relazione, da quello che ho sentito, è tutt'altro che felice. "

Lei alzò le spalle e Diana si limitò a fissarla, sentendo il familiare bruciore del dolore. La donna continuò: "Andy, accidenti, ha tutte le carte in regola. Mi sono sempre chiesta perché stia dalla parte del padre in questo modo, perché si vede chiaramente come anche solo menzionare l'amante del padre gli faccia saltare i denti. Per le amanti di Todd, tutto va bene finché lui ti vuole, ma attenzione se decide che sei finita. A quel punto, Andy ha campo libero e può far cacciare una ragazza dalla città. L'ha fatto altre volte in passato e lo fa bene, a quanto mi hanno detto. Quel ragazzo ha una certa cattiveria quando si tratta di donne... beh, di donne con cui suo padre ha avuto a che fare. Chissà se sa consapevolmente che è quello che sta facendo, ripulire il lavoro sporco di suo papà?".

Diana dovette ricordarsi di respirare.

La postina si accigliò, guardandola davvero. "Chi hai detto che è la tua famiglia? "

Faye Claremont, sua madre, era una persona che non voleva che nessuno ricordasse. Alzò la mano e disse: "La mia famiglia non c'è più, se n'è andata da anni, ma ci sono alcuni nomi che non si dimenticano. Mi ricordo di Andy Friessen e di quanto fosse importante nel rodeo, o almeno è quello che ricordo di aver sentito dire". Aprì il portafoglio e non le sfuggì l'accenno di rosa sul viso della postina mentre sventolava con la mano.

"Un grosso problema? Oh, lasciate che ve lo dica. Quel fusto sa maneggiare un cavallo e domare la bestia più selvaggia in modi che una ragazza può solo sognare. Quel cowboy potrebbe facilmente vincere il titolo di uomo più sexy dell'anno, con quelle spalle larghe o il modo in cui riempie un paio di blue jeans. Alto, scuro e bello. Ha davvero coniato la frase, lasciatemelo dire. Mi fa balbettare come una scolaretta ogni volta che viene qui, sempre così dannatamente rispettoso, educato, amichevole. Si ricorda persino il mio nome, e per me è una cosa importante. Tutto quel ben di Dio è un buon partito e anche di più." Fece un suono di apprezzamento e Diana poté solo fissarla. Sembrava assolutamente innamorata.

"A quanto pare, ha una cotta per lui".

"Chi non la ha? Giuro che ogni donna viva e vegeta in questa contea e in quella successiva ha sognato di sistemarsi con quell'uomo da quando ha annullato il suo fidanzamento con la figlia del sindaco. Era il fidanzamento più lungo della storia, oltre dieci anni. Si dice che Andy l'abbia sorpresa a letto con il suo caposquadra. Minacciò di spararagli. Poi, lei si è alzata e ha lasciato la città con il ragazzo e la cosa è finita lì. Un altro scandalo in una piccola cittadina. "

Cosa c'era nel sentire il suo nome e tutto il marcio sulla famiglia Friessen che inquietava Diana e la eccitava allo stesso tempo? Tirò fuori dal portafoglio un biglietto da dieci e infilò dentro i francobolli, che non le servivano, insieme agli spiccioli.

"Grazie per il vostro tempo e per gli aggiornamenti di provincia". Si premette la mano sullo stomaco, che brontolò. "Ops, scusate. Ho saltato il pranzo".

L'impiegata postale fece un gesto verso la finestra. "Merle's è dietro l'angolo, aperto tutto il giorno. Il ristorante è qui da sempre, e anche il cibo è buono, ma lo saprete se siete di queste parti".

Diana sorrise. L'ultima cosa che voleva era essere seduta in un locale dove qualcuno potesse avere un'idea di chi fosse. Non era pronta per questo. Sollevò la mano in segno di saluto. "Grazie".

"Quando vuole", replicò la postina.

Diana aprì la porta proprio mentre stava entrando qualcuno. Era alto, attraente, con un viso che non avrebbe mai dimenticato. Dopo quindici anni, il ragazzo si era trasformato in un uomo, più solido nel petto e nelle spalle con la sua camicia di jeans, che indossava jeans blu che calzavano troppo perfettamente. Da sotto il cappello nero da cowboy, riusciva ancora a scorgere i suoi occhi azzurri e gelidi, con una forte linea di demarcazione. La sua grande mano era sulla porta e lei non riuscì a distogliere lo sguardo da quello di lui, che la fissava mentre il cuore le rimbombava lungo e forte nelle orecchie. Lui strinse quegli occhi furbi su di lei.

"Diana Claremont? ", disse, con voce per nulla amichevole. Stava bloccando la porta e, ovviamente, la signora dell'ufficio postale pendeva dalle sue labbra. "Quei capelli rossi sono inconfondibili e tu sei l'immagine sputata di quella puttana di tua madre. Quando ti ho detto di andartene e non tornare, dicevo sul serio. Quella spazzatura di Faye è con te?".

Diana dovette ricordare a se stessa che non era più quella ragazzina terrorizzata. Andy Friessen era solo un bullo.

Si avvicinò. "Scoprirò e fermerò qualsiasi problema voi due stiate pensando di portare qui, prostituzione, droga", disse, e a lei non sfuggì la richiesta sgradevole nella sua voce. Dannazione, come aveva fatto un tempo ad amarlo così profondamente?

"Mi dispiace dirtelo, ma questa non è la tua città", replicò Diana. "Questo è ancora un Paese libero e io non rispondo a te. Quindi, per favore, togliti di mezzo".

Accidenti, era fiera di sé! Ma lui non si mosse. Aveva un piglio da lupo e l'accenno di sorriso che gli si era stampato agli angoli delle labbra le fece correre un brivido lungo la schiena, anche se fuori faceva veramente caldo.

"Ti ho detto di toglierti di mezzo", disse lei. Ma lui non si mosse, così lei gli passò accanto, a testa alta, mentre scendeva di corsa un gradino e un altro fino al suo SUV.

Per tutto il tempo, seppe che lui era dietro di lei, ma non si fermò, aprì la portiera, si mise al volante, infilò la chiave nell'accensione e avviò il motore. Mentre faceva retromarcia, Andy era sul marciapiede di fronte a lei, che la guardava, e quando inserì la marcia e partì, diede un'ultima occhiata allo specchietto retrovisore. Andy Friessen aveva infestato i suoi sogni con l'amore e l'odio, e ora stava in piedi, con il cellulare all'orecchio, parlando e guardandola allontanarsi.

# CAPITOLO
# Sette

L'umore di Jed non migliorò molto durante i quaranta minuti di viaggio da North Lakewood al suo ranch. Stava trasportando il rimorchio del suo cavallo dopo aver ritirato la sua cavalla, Scarlett, dal maniscalco locale, che lo aveva informato che aveva un ascesso allo zoccolo anteriore destro che avrebbe potuto, se non l'avesse tenuta d'occhio, metterla fuori uso per l'estate. Pensò che avrebbe preso meglio la notizia se non fosse stato ancora arrabbiato dopo che quella rossa lo aveva quasi investito e se ne era andata. Bella, irritante e pericolosa.

Jed imboccò il vialetto che portava ai quaranta acri di terreno aperto di sua proprietà, su cui si trovavano una piccola casa che aveva bisogno di un bel po' di lavoro, un fienile e alcune vecchie capanne rustiche per il *dude ranch* che stava ancora costruendo. Schiacciò il piede sul freno quando vide un SUV argentato parcheggiato accanto alla sua vecchia Ford arrugginita, poi diede gas al pick-up mentre osservava la rossa. I suoi occhi si allargarono e la sua bocca si aprì per dire qualcosa, mentre lui le passava accanto. Parcheggiò il suo rimorchio per cavalli dietro il SUV di lei, spense il motore e si prese il tempo necessario per scendere dal camion, tirando su i jeans sui fianchi sottili e facendo un respiro profondo.

"Incredibile, cazzo", mormorò. "Il mondo è piccolo. Ti sei persa?". Persino lui si accorse di sembrare uno stronzo. Si avvicinò al retro del rimorchio per cavalli arrugginito a una sola stalla e sollevò la maniglia d'acciaio, che assicurava la porta posteriore. I cardini cigolarono. Entrò e mormorò qualcosa a Scarlett, che abbassò la testa e mosse la coda, prima di slegare la corda delle redini e condurla fuori, lanciando un'occhiata alla bellezza dai capelli rossi, che non aveva ancora detto nulla.

I suoi lunghi e ondulati capelli rossi erano tirati indietro in una coda di cavallo, con ciocche che penzolavano su una carnagione pallida e cremosa e occhiali da sole che le coprivano gli occhi. Non era molto alta; la sommità della sua testa avrebbe probabilmente raggiunto le spalle di lui. Indossava un prendisole rosa e dei sandali. Jed lasciò che il suo sguardo si soffermasse ancora un secondo mentre apriva il cancello del recinto. Armeggiò con il cellulare e imprecò sottovoce prima di aprire con uno strattone la portiera del guidatore, ma invece di salire, gettò il cellulare sul sedile e chiuse la portiera.

"Il mio telefono è scarico". Fece un gesto verso il SUV, poi seguì Jed con cautela fino al recinto accanto al piccolo fienile. Lui chiuse il cancello dietro di sé.

"Scarlett, vieni, ragazza", disse facendo scivolare la cavezza dalla cavalla scura. L'agganciò insieme alla corda a uno dei ganci sulla parete sbiadita del fienile e poi non riuscì a trattenersi: fissò la donna, attraente e focosa, ma non disse nulla, lasciando che il silenzio imbarazzante perdurasse. Gettò a terra un fiocco di fieno per Scarlett e aprì il tubo per riempire l'abbeveratoio. Dopo qualche istante, le fece scivolare la mano sul fianco mentre beveva, e lei nitrì e mosse la coda. Le girò intorno fino al cancello, lo aprì e lo richiuse dietro di sé, ben consapevole di quanto la rossa apparisse a disagio.

"Allora, hai investito qualcun altro mentre uscivi dalla città?", chiese, poi sputò per terra accanto a lei. Non gli importava nulla di quello che lei potesse pensare.

La donna si tolse gli occhiali da sole. "Senti, mi dispiace. Non ti ho visto. Ero..."

"Signora, è fortunata a non aver investito e ucciso un bambino. Era distratta, a fare cosa? " Fece un gesto verso di lei. "Si stava incipriando il naso o qualsiasi altra cosa facciate voi donne quando non prestate attenzione? "

Lei si limitò a stringere le labbra, che erano piene e rosee, poi guardò a terra per un secondo prima di tornare a guardarlo. "Non ho molta voglia di farmi fare un'altra ramanzina, se per te è lo stesso. Se posso, vorrei usare il suo telefono. A quanto pare mi sono persa. Devo solo fare una telefonata e scoprire dove si trova la baita che ho affittato. È in un ranch, ma le indicazioni che ho...". Fece un altro gesto, guardandosi intorno, e si accigliò.

"Cosa stai cercando?". Lui non si mosse e si rese conto che la sua risposta era stata più brusca di quanto intendesse.

La rossa mantenne la calma e aprì il foglio di carta che teneva in mano. "Un posto chiamato Echo Springs.

Le indicazioni che ho qui sono di dirigersi verso l'autostrada...".

Jed chiuse gli occhi, sentendo di nuovo il calcio dell'universo colpirlo in pieno. Sollevò il suo logoro cappello da cowboy e si asciugò il sudore dalla fronte. "Davvero?", fu l'unica cosa che disse. Fissò la confusione in quei brillanti occhi blu, visualizzando il calendario in casa con un nome scritto sopra, l'unico ospite del suo ranch quella settimana. Si rimise il cappello e le fece un gesto. "Il mondo è piccolo. Mi spiace dirtelo, ma non ti sei persa. Quindi lei è Diana Fulton. "

Gli occhi di lei si allargarono, il suo viso impallidì e lui pensò che avesse imprecato sottovoce. Poi fece un gesto verso la casa, il fienile e disse: "Non puoi dire sul serio. Non assomiglia per niente alle foto su Internet. Dove sono le splendide cabine ombreggiate, l'erba verde e le dolci colline, o che ne dici di qualche mobile da giardino? Questa non è altro che un letamaio...".

"Ma che diavolo, signora? Questo non è un resort a cinque stelle. Questo è un ranch. Non so cosa pensasse di prenotare, ma un *dude ranch* è fatto di te e di un cavallo, non è una giornata alle terme". Si chiese però se non fosse il caso di chiederle dove avesse trovato i dettagli online sul suo ranch. Il modulo di prenotazione era diretto e preciso, menzionava la baita e l'esperienza del ranch. Poi c'erano le gite in branco e il campeggio notturno in montagna, ma l'unico gruppo che aveva prenotato per quello era una famiglia di quattro persone in due settimane. La signora in piedi ora sembrava completamente un pesce fuor d'acqua.

Lei si guardò di nuovo intorno e lui si chiese se avrebbe chiesto indietro i soldi, così si tirò le braccia sul petto e disse: "L'erba è verde in primavera, ma in questo periodo dell'anno è calda e secca. Se vuoi un posto di lusso, sei nella parte sbagliata del paese. Non ho idea di come ti sia venuta un'idea del genere. Hai prenotato online per una stanza laggiù e, per essere chiari, non ci sono rimborsi. "

Il fatto è che aveva già speso i soldi per riparare il tetto che perdeva prima che iniziasse a piovere. Si guardò intorno, vedendo tutte le riparazioni che doveva ancora fare. Tuttavia, era ancora il suo paradiso.

Lei non disse nulla, poi: "Ho bisogno di un secondo".

Cosa avrebbe dovuto fare, stare lì mentre lei decideva se andarsene o litigare con lui? A giudicare dall'aspetto di lei, pensò alla seconda ipotesi. "Beh, decidi in fretta. Perché ho del lavoro da fare".

Lei lasciò indugiare lo sguardo, una scintilla nei suoi occhi blu. Immaginò di essere già per conto suo. "Posso vedere la stanza? "

Lui diede un'occhiata al suo SUV, poi si avvicinò al rimorchio dei cavalli, chiuse il retro e fece un gesto in avanti. "Beh, andiamo", disse. "Non abbiamo tutto il giorno. "

Cominciò a camminare davanti a lei verso il suo piccolo bungalow e le tre cabine a un centinaio di metri, più o meno, dalla casa. Erano situate dietro un boschetto di pini, gli unici della proprietà, che davano a lui e ai suoi ospiti un po' di privacy. Sapeva che i suoi passi erano lunghi rispetto a quelli di lei, ma non rallentò il passo finché non si fermò davanti alla prima capanna e la aspettò, guardandola mentre aggirava un mucchio di letame che non aveva ancora raccolto.

"Qui è dove dormirai", disse. "Il letto è contro il muro. Il gabinetto è sul retro, la doccia all'aperto è accanto". Il gradino della cabina era solo una cassa, lui ci salì sopra e aprì la porta. Almeno aveva passato la scopa. Fece un cenno all'interno, urtando la cuccetta di legno.

Lei era in piedi accanto a lui e si chiese perché non fosse salita sul suo SUV e non se ne fosse andata da lì. "Niente cucina?", chiese lei, sollevando il mento. Era così vicina a lui che dovette appoggiare il braccio sulla cuccetta superiore per non finirle addosso.

Fece una smorfia. "Signora, queste capanne non sono progettate per soggiorni lunghi. Chiunque venga qui ha intenzione di salire a cavallo il giorno dopo e di passare la notte in tenda, con la cena cucinata sul fuoco. Questo è un campo per cowboy. Si ottiene una cuccetta e una cabina, la sera prima di partire. Quindi no, come puoi vedere, non c'è una cucina. Se necessario, puoi usare il frigorifero di casa mia. Io faccio il caffè al mattino e tu puoi fare quello che vuoi. Basta che pulisci tutto. "

Lei non disse nulla, restando ancora lì a fissare la cuccetta di legno e il materasso di gommapiuma.

"Senti, ti darò una mano, perché è davvero doloroso", disse Jed. "Come puoi vedere, qui non fa per te. Questo non è un luogo di conforto o di ozio. Vedo che hai commesso un errore, pensando che questo fosse qualcosa che non era, quindi risparmiamoci a vicenda di cercare di trovare qualcosa di educato da dire. Ci sono alcuni motel e un hotel in città con tutto quello che può servirti, lì o nelle vicinanze".

"No", disse lei. "L'ho pagato, lo prendo. Come hai detto tu, niente rimborsi. "

Lei lo aveva interrotto e per un attimo lui avrebbe

voluto ridere. Si chiese se fosse solo il suo orgoglio testardo a parlare o se quella donna facesse sul serio.

"Come vuoi", disse, scendendo dalla cassa sulla terra battuta.

"Aspetta, non mi hai detto il tuo nome", lo richiamò Diana.

Lui si voltò indietro, sollevando la tesa del cappello e osservando la bellezza della cosa. "Jed Friessen", disse. "Chiamami solo Jed. Di nuovo, se decidi che questo non fa per te, scegli una direzione, dieci miglia, più o meno. In ogni caso, troverai qualcosa di più adatto a te".

Lei non disse nulla e lui non era sicuro di come interpretare la sua espressione sconcertata.

"Se hai bisogno di qualcosa", continuò, "ho delle pulizie da fare nel fienile, mi trovi lì". Le fece un gesto. Lei si limitò ad annuire e questa volta, quando Jed iniziò a camminare, Diana Fulton non disse nulla.

# CAPITOLO
## *Otto*

Diana fissò le pareti di compensato di quella che era la casetta più piccola che avesse mai visto, con la cuccetta di legno e il vecchio materasso di gommapiuma. Ascoltò i passi del cowboy alto, robusto e affascinante che si allontanava, incredula perché doveva trattarsi di uno scherzo del cazzo. Friessen? Aveva detto di chiamarsi Jed Friessen.

Non era nemmeno sicura di dover piangere o ridere per quella topaia di capanna che aveva prenotato. Come aveva fatto a non accorgersi che "rustico" significava a malapena un gradino sopra rispetto il livello di una tenda? L'unica piccola finestra era priva di zanzariera e non c'era una cassettiera, solo un tavolino sgangherato accanto alla piattaforma di legno e un paio di ganci alla parete. Immaginò la dependance sul retro e si avvicinò alla porta aperta, in tempo per vedere quel bel cowboy allontanarsi. Sperò che non fosse parente di Andy, ma, conoscendo la sua fortuna, si era appena infilata in un nido di vipere.

Prese in mano la cassa e scese sul terreno. Le sue

unghie dei piedi dipinte di rosa si sarebbero sporcate in un attimo, ma Diana aveva imparato da tempo ad affrontare qualsiasi cosa le venisse gettata addosso. Capiva troppo bene la sensazione di perdita, di non avere nulla, per preoccuparsi di cose così. Il cowboy entrò nella stalla più vecchia che avesse mai visto e lei osservò la piccola casa in cui viveva. A giudicare dalla catasta di legna coperta da un telo, molte cose sembravano fatiscenti e in costruzione. Jed uscì dal fienile con una carriola e un forcone e si diresse verso un mucchio di letame per scaricarlo.

"Sembrerà una sciocchezza, ma non ho portato né lenzuola né asciugamani", disse Diana.

Jed non disse nulla mentre finiva di pulire il letame, una palettata dopo l'altra. Accidenti, il suo silenzio era snervante. Cercò di vedere la somiglianza, se c'era, con Andy. Alla fine, lui guardò verso di lei e fu doloroso che non le disse nulla.

"Ma posso acquistare un po' di cose domani, quando andrò in città", disse lei. "Evidentemente ho pensato che tutto fosse fornito, come in un albergo o addirittura in un motel".

Perché diavolo era così nervosa? Osservò quegli occhi marrone whisky e i capelli ondulati sotto il cappello da cowboy più rozzo che avesse mai visto. Sul viso aveva dei baffi incolti, probabilmente dovuti a uno o due giorni senza radersi. Qualcosa in lui e in quel posto faceva sembrare impossibile che fosse imparentato con Andy. Forse Friessen era un nome comune, come Smith o Johnson?

"Non hai portato le lenzuola?".

Sentì il viso riscaldarsi e si fece forza. "Mi dispiace, non l'ho fatto. Ho portato solo i miei vestiti, le cose essenziali. Pensavo che tutto sarebbe stato qui. Non ho visto nemmeno un plugin per il mio portatile. C'è elettricità, accesso a Internet?".

Anche in questo caso, il silenzio fu doloroso. Quest'uomo, pensò, era l'immagine sputata di "tipo forte e silenzioso". "

"No, niente elettricità. Anche in questo caso non ci sono le comodità di una casa, solo una cuccetta per dormire. Tutti coloro che prenotano un soggiorno sono a cavallo il giorno dopo, diretti a uno degli accampamenti. Si ha a disposizione il terreno e un sacco a pelo e solo ciò che può essere trasportato facilmente a cavallo. Ho internet all'interno per il mio computer, ma non c'è il wireless, e il servizio di telefonia mobile qui fuori è discontinuo". Lasciò indugiare lo sguardo, poi ripose il rastrello accanto alla carriola e scosse la testa prima di iniziare a camminare verso il piccolo bungalow, salire i gradini traballanti ed entrare.

Si stava chiedendo dove fosse finito, se avesse smesso di ascoltarla, quando lo vide uscire di nuovo con un sacco a pelo sotto il braccio e quello che sembrava un asciugamano.

"Spero che tu possa accontentarti di questi", disse lui, e il suo cuore ebbe un piccolo sussulto quando glieli porse: un sacco a pelo blu scuro, arrotolato stretto, e un asciugamano verde consumato.

"Grazie. Posso farlo". Lei osservò il modo in cui lui la guardava: nessun sorriso, niente. Poi, lui fece un cenno e tornò verso la carriola, ma non prima che lei dicesse: "Non credo di essermi scusata per averti quasi investito prima".

Jed si tolse il cappello e si passò le grandi mani tra i

folti capelli castani ondulati. "Erano scuse, queste? Dovresti lavorarci un po',se lo erano. "

Quindi la gentilezza non faceva parte del vocabolario di questo cowboy. Si ritrovò a stringere il sacco a pelo, ricordandosi che era stata lei ad allontanarsi. "Mi dispiace, ma ripeto, mi sei passato davanti all'improvviso, strisce pedonali o no. Nessuno ti ha mai insegnato a guardare in entrambe le direzioni prima di attraversare e ad assicurarti che l'autista ti veda prima di camminare?"

Un guizzo di qualcosa si mosse agli angoli delle sue labbra: un sorriso, un divertimento? Forse. "Touché", disse. "Che ne dici di chiudere questa storia e andare avanti? "

Una parte della tensione che aveva attraversato le spalle di Diana si allentò e lei respirò l'aria calda, l'asciutto, il calore e lasciò che il suo sguardo si soffermasse sul cavallo nel recinto. "Non ho mai cavalcato un cavallo. Ho sempre voluto imparare. Se ti pago, mi insegni?".

Lui non rispose per molto tempo, si limitò a guardarla. Per un attimo si chiese se avrebbe detto di no. Poi lo sguardo si posò sui sandali. "Spero che tu abbia messo in valigia qualcosa di meglio di quelli e di quel vestito. Posso insegnarti, ma non ti avvicinerai al mio cavallo con i sandali aperti".

La brezza fece frusciare il cotone sottile del suo prendisole. "L'ho indossato per comodità mentre ero in viaggio, perché fa molto caldo. Ho dei jeans e un paio di scarpe da trekking. Tutto il resto che mi serve lo prenderò in città quando andrò".

Lui annuì senza distogliere lo sguardo. Accidenti, era un uomo difficile da leggere. "Bene, allora sistemati e cambiati. Incontriamoci qui tra un'ora e ti presenterò il tuo mezzo. Ma vieni preparata. Se vuoi imparare a conoscere i cavalli e a cavalcarli, ti sporcherai". Poi le fece un cenno, sollevò il manico della carriola e iniziò a camminare verso la stalla, e lei non poté fare altro che fissare quel cowboy sexy che si allontanava. Non c'era niente di gentile in lui. No, tutto di lui le dava la sensazione che non fosse uno che giocava con una donna o la metteva da parte solo perché poteva.

# CAPITOLO
## Nove

"È questo il cavallo che mi insegnerai a cavalcare?", chiese scettica Diana. I suoi capelli rossi erano così vivaci e luminosi e i suoi occhi blu gli ricordavano il più bel cielo azzurro. Era snella e formosa, indossava un paio di jeans blu sbiaditi e una semplice maglietta rossa. Appoggiò le mani sulla barra superiore del recinto mentre Jed finiva di raccogliere il letame e Scarlett si avvicinò, agitando la coda.

Lasciò che lo sguardo si soffermasse sugli stivali, che sembravano consumati. I capelli erano raccolti in una coda di cavallo e il viso, si rese conto, non era truccato come quello di molte donne che aveva incontrato.

"Dimmi cosa sai sui cavalli", disse lui. "La tua esperienza, quanto hai cavalcato". Spostò la carriola verso un altro mucchio di letame e lo raccolse.

"Amo i cavalli, ma non li ho mai cavalcati", rispose lei. "Neanche una volta. Non ne ho mai avuto l'opportunità e non mi sono mai permessa di avere questo sogno. Li ho sempre ammirati da lontano. C'è qualcosa in loro, sai, che mi lascia inquieta… intuiscono le cose, le annusano prima di noi. È come se parlassero un'altra lingua e ho sempre voluto capire come pensano, perché si spaventano o si innervosiscono. "

Rimase fuori dal recinto mentre lui finiva di scaricare il letame nella carriola, poi sollevò il rastrello oltre la ringhiera e lo appoggiò al muro della stalla. Diana lasciò che il suo sguardo si soffermasse su Scarlett. Dannazione, era bellissima.

"Beh, almeno sei abbastanza intelligente da sapere queste cose su un cavallo, anche se non hai mai cavalcato", disse lui, sapendo che era gli era uscito fuori in modo brusco. "La maggior parte delle persone pensa di poter saltare in sella, dare un paio di calci al cavallo, strattonare e tirare le redini e avere il controllo. Questa stupidità è un buon modo per farsi disarcionare e uccidere". Fece passare la carriola attraverso il cancello e lo chiuse dietro di sé, poi si diresse verso il mucchio di letame sull'altro lato della stalla, dove scaricò la carriola. Si voltò e la vide ancora indugiare vicino al recinto e si avviò verso di lei.

"Se vuoi imparare a conoscere i cavalli e a cavalcare, questo è ciò che farai ogni mattina", disse. "Dovrai dare una mano. È la mia regola in questo ranch, che si accompagna alle lezioni. Ti porterò in pista quando ti sentirai a tuo agio, ma finché stai imparando a conoscere i cavalli, dovrai fare tutto tu. Non puoi preoccuparti di un'unghia rotta o se la tua pelle delicata sta bruciando o il tuo sedere è dolorante. Il cavallo viene sempre curato e assistito per primo. Se tu ti prendi cura del tuo cavallo, lui si prenderà cura di te. Capito? Inizia con le basi, così potrò vedere cosa sai fare".

Si fermò davanti a lei e lei si irrigidì, con una

domanda negli occhi. Guardò in lontananza. A cosa stava pensando?

"Beh, andiamo". Jed cominciò a camminare verso il fienile e all'interno, dove il cemento aveva bisogno di una bella spazzata. Non aspettò che lei lo raggiungesse. "Qui c'è la stanza delle attrezzature, dove tengo le selle, le coperte, le cavezze, le spazzole, tutto ciò che serve per curare il cavallo. Prendi un pettine, una spazzola e uno zoccolo e cominciamo con quelli".

Jed indicò la scatola delle spazzole sul pavimento, sperando che lei capisse. Lei lo superò, si accovacciò davanti alla scatola e prese una di queste. Lui stava già riprendendo a camminare e lei si affrettò a raggiungere le sue lunghe falcate. Era al cancello del recinto, con Scarlett dall'altra parte, e lo aprì.

"Prima di tutto, con i cancelli di un'azienda agricola, bisogna sempre controllare due volte e assicurarsi che siano chiusi. Non lasciare mai un cancello aperto o anche solo un po' aperto per un secondo, pensando di tornare subito. In questo modo gli animali escono e si verificano incidenti. I cavalli potrebbero essere feriti o uccisi".

Diana strinse a sé la spazzola, il piccone e il pettine mentre entrava nel recinto e Jed chiudeva il cancello dietro di sé. Scarlett fece un piccolo cenno quando lui si avvicinò a lei.

"Questa è Scarlett", disse. "È una Quarter Horse Appaloosa di otto anni, dolcissima. La cavalcherai e ti prenderai cura di lei e lei si prenderà cura di te".

"Com'è?" chiese Diana sollevando una mano, che tremava un po', e toccando cautamente il fianco di Scarlett. Era terrorizzata, ma più forte di quanto si aspettasse.

"Se sei nervosa, scuotiti prima di entrare qui, perché lei lo capirà e ti metterà alla prova. È difficile rompere questo stato di cose una volta che ti ha inquadrata. Legge il linguaggio del corpo, come cammini, come ti avvicini, le tue esitazioni, quello che pensi. Essere spaventati o insicuri le dice solo una cosa: non può fidarsi di te. E non vorresti mai essere su un cavallo che non si fida di te".

Diana spostò il suo sguardo su di lui, spaventata e forse rimuginando troppo.

"Dalle una bella spazzolata", disse lui.

Sollevò la spazzola e si avvicinò a Scarlett, ancora esitante. Fu allora che la cavalla si mosse, facendola quasi cadere. Jed intervenne e diede uno schiaffo alla parte posteriore di Scarlett, spingendola via.

"Ehi, spostati. Comportati bene", disse. Si abbassò e afferrò la mano di Diana con la sua grande e ruvida, poi vi infilò un pettine da curry di plastica stracciato e lo posò sul fianco di Scarlett. "Avvicinati. Qui, premi qui e strofina in cerchio in questo modo. Dimostrale che fai sul serio, che sai cosa stai facendo. *Pensa* a quello che stai facendo *prima di* farlo. Se esiti, lei se ne accorgerà prima di te. Capisci che ora ti sta mettendo alla prova. Un punto per Scarlett: ti ha spinta. La prossima volta, ti calpesterà.

"Ora devi disfare ciò che hai appena rafforzato. A volte è dieci volte più difficile rimediare a un errore che fare le cose per bene la prima volta. Questa è la prima lezione. Quando non sai cosa fare o sei spaventata a morte, lei ti calpesterà e tu perderai la sua fiducia. Una volta che è lei a comandare, è dannatamente difficile invertire i ruoli. Quindi, quando entri qui con lei, devi avere un piano. La tua mano tocca sempre il suo fianco, così, per farle capire dove sei. La pettini, la spazzoli.

"Tieni sempre la mano su di lei quando cammini dietro di lei, e cammina vicino a lei. Non devi darle spazio per darti un calcio. Se ti scalcia, ti romperà una gamba. E i cavalli spaventati scalciano. Quindi, lo ripeto ancora una volta: assicurati che sappia sempre dove sei. Dopo averla spazzolata, passa allo zoccolo. Oggi ti spiegherò tutto questo. Poi inizieremo un po' di lavoro a terra in modo che tu e Scarlett possiate conoscervi meglio".

Si allontanò e le lasciò la mano. Non si era aspettato una sua reazione e, dal modo in cui lei lo guardò, sentì l'energia che si era scatenata tra loro. Si schiarì la voce mentre fece un altro passo indietro e un gesto verso Scarlett.

"Finisci di spazzolarla. Concentrati su di lei", disse. C'era qualcosa nella sua personalità, una calma e qualcos'altro che Diana non riusciva a definire. "Allora, cosa fai, Diana?".

Lei esitò a sfiorarla e gli lanciò un'occhiata, e lui non era sicuro di quello che vedeva in quegli occhi azzurro cielo. Accidenti, era bellissima. "Immagino che tu intenda per vivere...".

Avrebbe voluto dire molte cose. "Beh, per cominciare, sei nel bel mezzo del nulla, affitti una capanna di merda e prendi lezioni da me per imparare ad andare a cavallo. Non sei di qui, quindi da dove vieni e perché sei qui? Che lavoro fai?".

Lei continuò a sfiorare la cavalla e lanciò di nuovo un'occhiata a lui. "Sono un avvocato, beh, junior. Ho appena passato l'esame di stato e sto ancora decidendo dove aprire uno studio. La seconda opzione è fare domanda per un posto da junior in un grande studio legale ed essere ficcata in un angolino, a fare testamenti, pratiche, citazioni in giudizio o depositare mozioni tutto il giorno, tutti i giorni, lavorando per ottanta ore alla settimana e senza avere una vita. Sai, il noioso lavoro di routine. Non c'è alcuna possibilità che ciò accada, per cui mi attengo alla prima opzione e creo il mio studio per fare ciò che voglio. Ma parliamo di lei, signor Friessen...".

"Jed", intervenne subito lui. "Mi chiamo Jed. Le uniche persone che mi chiamano "signore" sono gli esattori delle bollette, gli agenti del fisco e i banchieri prima che mi facciano uscire dal loro ufficio, che mi chiedano soldi o che prendano altro di ciò che non è loro. E sono abbastanza sicuro che tu non sia una di loro, vero, Diana?".

Un sorriso le si accostò agli angoli delle labbra e ci fu una scintilla di divertimento o qualcosa del genere nei suoi incredibili occhi blu. Le illuminavano tutto il viso, mentre continuava a spazzolare e scuoteva la testa. "Beh, mi correggo, Jed. Ma questo posto... Anche se la baita non è un granché, è un tetto sopra la mia testa. È una vacanza più rustica di quanto avessi previsto, ma ho vissuto con meno".

Non era sicuro di come interpretare l'ultimo commento di lei. "Non mi hai detto da dove vieni. Cosa ti ha spinto a venire qui per questo? "

Era davvero concentrata nel suo lavoro di spazzolatura. "Sono originaria di Portland e ho studiato legge a Spokane, ma sto pensando di aprire un ufficio qui".

Il cuore di Jed batté fortissimo. Il pensiero che lei potesse restare nei paraggi gli fece provare sensazioni che non provava da tempo. "Beh, spero che tu lo faccia".

Ecco di nuovo il sorriso, il modo in cui lasciava indugiare lo sguardo. La sua mano si posò sul fianco di Scarlett, mentre lei faceva un cenno, scuotendo la testa come se percepisse il disagio di Diana e il suo. Questa volta, quando Scarlett cercò di urtare Diana e di pestarle un piede, le diede uno schiaffo sul posteriore proprio come aveva fatto Jed e disse: "No, spostati".

Dannazione, Jed non se lo aspettava.

# CAPITOLO

## *Dieci*

Diana era seduta nel suo SUV parcheggiato in città. Aveva fatto una doccia fredda al sorgere del sole e preso un caffè veloce dalla cucina di Jed, poi, come lui le aveva detto di poter fare la sera prima, si era servita anche dei cereali.

C'era qualcosa in quel cowboy spigoloso che non riusciva a togliersi dalla testa mentre scendeva dall'auto, con in mano una manciata di volantini con il suo nome e il numero di cellulare, che pubblicizzavano e illustravano i servizi legali che offriva. Diana sapeva che la sua tariffa era ragionevole e che la sua prima tappa sarebbe stata l'ufficio postale, con la sua bacheca sul retro. Appiccicò il foglio bianco, salutò l'impiegata postale, che riconobbe dal giorno prima, e uscì.

Le vetrine vuote dei negozi della città avevano tutte un cartello "affittasi", ma affittarne uno adesso non rientrava nel suo budget e sapeva che, poiché Todd e Andy avevano una certa influenza in città, nulla sarebbe stato disponibile per lei. Com'era possibile che una madre che non vedeva da anni, continuasse a lasciarle un'eredità così sgradita?

Sapeva di dover lasciar perdere, ma aprire il suo ufficio era solo uno dei motivi per cui era tornata a North Lakewood. Affisse dei volantini sui lampioni e alle fermate degli autobus, alla stazione di servizio e in biblioteca. Per sicurezza, utilizzò il Wi-Fi gratuito della biblioteca e pubblicò un annuncio anche sul sito web della comunità. Soddisfatta di aver fatto tutto il possibile, lo stomaco riprese a brontolare e capì fosse l'ora di procurarsi del cibo, fare la spesa e tornare al ranch di Jed, dove si sentiva incredibilmente benvenuta.

Spinse la porta del negozio di alimentari a conduzione familiare, che sembrava lo stesso di quando era bambina, e si avvicinò al carrello, osservando le stesse piastrelle verdi squallide sul pavimento. L'inquietudine che era scomparsa dopo una giornata da Jed, tornò. I ricordi di un luogo che le aveva fatto tanto male la spingevano a guardarsile spalle.

"Sei ridicola", si disse a bassa voce, dirigendosi verso il reparto frutta e verdura e lanciando un'occhiata al grande specchio di sicurezza ovale montato vicino al soffitto. Indossava sandali leggeri e un prendisole blu e bianco con le maniche a sbuffo, molto conservatore. Per un attimo si bloccò, ma si impose di continuare a muoversi. Si fermò alle mele e ne imbustò una mezza dozzina, poi prese lattuga e pomodori.

Stava pensando a un formaggio cheddar delicato da abbinare all'insalata quando notò il signor Harris in piedi in fondo al negozio, che la osservava. Dal modo in cui le sue sopracciglia si restrinsero mentre si concentrava su di lei, capì che presto l'avrebbe riconosciuta, così si costrinse a distogliere lo sguardo. Prese un cartone di latte intero e un blocco di formaggio a caso, invece di cercare altro, poi si affrettò lungo il corridoio e trovò maionese e sottaceti. Passò alla gastronomia e alla panetteria per comprare della carne e del pane per i panini, poi prese del pollo per la cena e qualche altro condimento, senza riuscire a scacciare la sensazione di disagio che la spingeva a guardarsi alle spalle.

Si avvicinò all'unica cassiera, una ragazza giovane e sovrappeso che accolse Diana con un sorriso spumeggiante.

"Ha trovato tutto?". Aveva un leggero accento che non era del luogo e Diana si chiese se fosse nuova della zona.

"Sì, grazie", disse Diana mentre scaricava velocemente la spesa. Proprio in quel momento squillò il telefono della cassiera e, quando la ragazza rispose, a Diana non sfuggì il modo in cui i suoi occhi castani si soffermarono un po' troppo a lungo su di lei. C'era qualcosa di troppo familiare che le procurava un enorme dolore.

"Sì, signore, signor Harris. Capisco." La cassiera non sorrideva più. "Mi dispiace, signorina, ma non posso servirla. Il signor Harris, il proprietario del negozio, mi ha detto di dirle che non è la benvenuta qui".

Lo shock era tutto ciò che Diana riusciva a provare mentre fissava la spesa di cui aveva bisogno. Aveva i soldi per pagarli, ma la cassiera stava già mettendo da parte i prodotti. "Il signor Harris le ha detto cosa non va in me, esattamente?", chiese, poi guardò dietro di sé, sentendo il calore dell'imbarazzo. Si chiese se ora lui la stesse osservando attraverso la telecamera di sicurezza.

"Per favore, ho bisogno di questo lavoro", disse la cassiera. "Se ne vada e basta. Non sono sicura di quale sia il problema, ma non voglio essere messa in mezzo.

Questa è una proprietà privata e un'azienda privata, e lui ha il diritto di rifiutare il servizio a chiunque voglia".

Diana sapeva che aveva ragione, ma questo non andava bene per niente. "Dov'è?", fu l'unica cosa che chiese.

La cassiera esitò solo un secondo, poi indicò. "Sul retro, nel suo ufficio".

Diana guardò l'uscita e sapeva che avrebbe dovuto andarsene, ma non ne poteva più di essere maltrattata, così sollevò la borsa sulla spalla e si avviò lungo il corridoio degli alimenti sfusi verso le doppie porte sul retro, pregando di capire cosa dire una volte che le avesse raggiunte. Le porte si aprirono proprio prima che lei arrivasse e ne uscì il signor Harris, un omone che la guardava dall'alto in basso, senza alcun senso di amicizia.

"Le è stato detto di lasciare questo negozio, Faye Claremont. "

"Non sono Faye", replicò lei. "Quella era mia madre. Io sono Diana Fulton".

Fece un passo indietro e il suo viso si colorì appena, con una punta di rosso, che poteva essere di rabbia o di imbarazzo. "Non ha molta importanza", disse. "Madre, figlia. Faye ha messo a soqquadro questa città. Era una macchia in questo posto, una mela marcia, e così i suoi figli. I Friessen che vi hanno mandato via hanno fatto la cosa migliore per tutti, qui. Ora vattene prima che chiami lo sceriffo e ti faccia arrestare per violazione di domicilio".

L'unico problema di essere un avvocato era che lei capiva quanto lui avesse ragione. Poteva vietarle per sempre di varcare le porte del suo negozio.

"Bene, andrò", disse lei. "Ma si vergogni. Non sono

Faye Claremont. Forse, se c'è giustizia, un giorno qualcuno ti giudicherà per qualcosa che ha fatto tuo padre". Poi si voltò, rendendosi conto di star tremando.

"Non rimettere mai più un piede qui dentro", le disse lui. "Non puoi ingannarmi, ragazza! Sei la stessa spazzatura di tua madre. Esci e non tornare...".

Diana aveva il volto in fiamme e i grandi occhi della cassiera la fissavano con orrore. Frugò nella borsa e tirò fuori un biglietto da visita, poi si avvicinò alla cassiera e glielo porse. "Sono un avvocato. Se ha bisogno di aiuto legale, mi chiami. Questo è il mio numero di cellulare".

La giovane cassiera aggrottò le sopracciglia, ma prese la carta e Diana continuò a camminare fino all'uscita del negozio e al suo SUV. Aprì la portiera e tornò a fissare il negozio di alimentari della cittadina, sapendo che l'eredità di sua madre era ancora viva e vegeta a North Lakewood.

Ma il suo piano, accuratamente studiato, non era quello di fare giustizia per se stessa. Era per la sua sorellina, la quale non aveva fatto del male a nessuno, che lei era lì.

"Louisa, giuro che gliela farò pagare", disse. Era una promessa che aveva fatto molto tempo prima e, anche se aveva aspettato così a lungo, qualcosa nell'essere di nuovo lì, nella tana dei lupi, le fece capire che non sarebbe stato così facile come pensava.

Fece marcia indietro e tornò al ranch di Jed, sapendo che era solo questione di tempo prima che tutti quelli che conoscevano sua madre si chiedessero cosa ci facesse la figlia di Faye Claremont a North Lakewood.

Parcheggiò accanto al vecchio pick-up marrone di Jed e lo vide uscire dal fienile.

"Ti aspettavo mezz'ora fa", disse lui.

Vero, le lezioni con Scarlett. Ma aveva ancora bisogno di fare la spesa. "Mi dispiace", disse. "Stavo attaccando dei volantini e sono andata a prendere anche della spesa". Si diresse verso il vecchio fienile, dove Jed teneva in mano una serie di redini. Si fermò davanti a lui, che lanciò un'occhiata al suo SUV e poi di nuovo a lei.

"Vuoi portare dentro la spesa e cambiarti prima?", disse. "Ci vediamo nella stalla. Quel vestito è bello, ma non sui cavalli. Oggi ti insegnerò a sellare e ti farò salire su di lei".

Accidenti, era davvero gentile, ma non aveva idea di chi fosse lei. Si chiese se avesse trasalito.

"Ti andrebbe bene se rimandassimo le lezioni a questa sera?", disse. "In realtà devo fare una corsa ad Arlington per fare la spesa. Ti ringrazio per i cereali di stamattina, ma...".

Lui si accigliò e scosse la testa. "Pensavo avessi detto che avresti fatto la spesa in città. Che c'è, non hanno qualcosa di tuo gradimento?". Non le sfuggì il tono di voce di lui. Cavolo, gli aveva dato proprio l'impressione sbagliata.

"No, niente del genere", replicò Diana. "Mi sono solo imbattuta in alcuni problemi".

I suoi occhi marroni le ricordavano un whisky scuro e profondo e, dal modo in cui la guardava, avrebbe giurato che potesse vederle l'anima. Si accigliò di nuovo. "Che tipo di problemi? Sembra piuttosto semplice: si va al negozio, si prende qualche cosa, si paga e si va via. Mi rendo conto che il negozio di alimentari in città è piccolo, ma non ho mai avuto problemi a trovare quello che mi serviva".

Diana si ricordò che la loro realtà era molto diversa.

Riusciva a scorgere un cavallo nella stalla all'interno del fienile e si chiese quanti cavalli avesse Jed. "Di solito, sì. Non si tratta del fatto che non ho trovato quello che mi serviva. Avevo tutto e stavo cercando di pagare, ma...". Smise di parlare perché le parole non le venivano.

"Non hai abbastanza soldi?".

Lei alzò lo sguardo verso di lui in modo piuttosto brusco. "Ho i soldi, i miei soldi. Anzi, sono dannatamente brava a risparmiare e a pagare tutto. A volte non ha niente a che fare con questo e ma piuttosto con la gente di poco conto. Il fatto è che il signor Harris, proprietario del negozio, si è rifiutato di vendermi qualunque cosa e mi ha ordinato di andarmene, e se non l'avessi fatto, avrebbe chiamato lo sceriffo per farmi arrestare. Quindi ora, per colpa di quell'idiota pomposo, devo andare ad Arlington a fare la spesa".

Non voleva che le uscisse fuori così bruscamente. Jed rimase immobile, senza sollevare lo sguardo, nel quale lei aveva colto sgomento e sorpresa.

Scosse la testa. "E perché il vecchio Jason Harris avrebbe dovuto farlo?".

Diana non si sarebbe nascosta. Non l'avrebbe fatto con nessuno, nemmeno davanti all'intensità nello sguardo di Jed che la fissava, con la tensione che ribolliva negli occhi marroni di Jed mentre lui aspettava che lei confessasse. "Per via di chi era mia madre".

# CAPITOLO
# *Undici*

Diana riempì la vecchia vasca da bagno che fungeva da abbeveratoio per Scarlett. Si era cambiata e ora indossava jeans blu sbiaditi, una maglietta blu scuro e le scarpe da trekking. Il suo sguardo si soffermò di nuovo sul vialetto dove Jed aveva guidato il suo pick-up dopo essersi alzato ed essersene andato senza dire una parola. Sembravano passati pochi istanti, ma probabilmente, era passata più di un'ora.

Giurò che non avrebbe mai dimenticato la sua voce, il modo in cui aveva detto, piuttosto bruscamente, "Resta qui", prima di saltare sul suo camion e far schizzare ghiaia e polvere mentre se ne andava. Aveva riconosciuto la rabbia e la frustrazione di un uomo che stava per perdere la testa e aveva avuto un momento di sconforto, chiedendosi dove stesse andando, cosa stesse facendo. Sapeva che probabilmente ora si trovava faccia a faccia con il signor Harris, un uomo, come tanti in questa città, che non aveva avuto alcuna compassione per sua madre o per lei.

Forse era successo quindici anni prima, ma Diana

non avrebbe mai dimenticato quella sensazione indesiderata di disprezzo che le era stata rivolta dalla gente di North Lakewood solo perché era la figlia di Faye Claremont.

Le tremava la mano mentre spegneva l'acqua e chiuse gli occhi per un secondo prima di voltarsi verso il cavallo. Si chiese se avrebbe mai avuto la possibilità di cavalcarla. Sapeva già che a Jed sarebbe stata raccontata ogni cosa poco lusinghiera su di lei. I pettegolezzi sarebbero stati a pieno regime e lei non conosceva nessuno che avesse il coraggio di opporsi e magari di pensare con la propria testa. Forse, era questo che la feriva più di ogni altra cosa. Non voleva che Jed fosse un altro di quelli che la guardavano male. Cosa c'era di così doloroso nel vedere la sua reputazione fatta a pezzi e la gente che credeva ciecamente a qualsiasi cosa venisse detta?

La ghiaia scricchiolò lungo vialetto e Diana alzò lo sguardo da dove era appoggiata al fienile. Le sue valigie erano pronte, perché le prossime parole di Jed sarebbero state probabilmente fredde e crudeli. Il suo cuore ebbe un sussulto quando Jed, al volante del suo pick-up, si fermò, con una scia di polvere. All'improvviso, ebbe difficoltà a deglutire. Il suo cuore batteva e non riusciva a far cessare il maledetto tremolio alle mani. Si costrinse ad allontanarsi dal fienile e a camminare verso il cancello, a scardinarlo e a uscire.

L'aveva appena chiuso dietro di sé quando Jed scese dal suo furgone e sbatté la porta. Un altro pick-up stava scendendo lungo il vialetto, blu scuro e nuovo di zecca con i vetri oscurati, e si accostò al camion di Jed. Quando l'autista scese, lei chiuse gli occhi, sapendo che era peggio di quanto avesse immaginato.

"Che diavolo ci fai qui? ", gli chiese Jed, con un tono non ostile.

Andy indossava jeans blu e una camicia da sera azzurra, si avvicinò a Jed, gli strinse la mano e gli batté le spalle. Le sembrò di sentire una risata e in quel secondo, tutto andò a posto. C'era vicinanza tra loro. Non aveva idea di cosa fare e si rese conto che entrambi gli uomini stavano guardando verso di lei.

Doveva ricordare a se stessa che non era più quella ragazzina terrorizzata di quindici anni prima. Si costrinse a fare un passo verso gli uomini. Aveva stretto le mani e le rilassò mentre diceva: "Beh, ciao, Andy".

Jed non disse nulla, fissando prima Andy e poi Diana. "Voi due vi conoscete? ", chiese infine. "Cosa ti porta qui, cugino?".

Friessen. Certo che erano parenti. Fissò con orrore la confusione che apparve sul volto di Jed e la durezza di quello di Andy. Uno accanto all'altro, la vedeva. La somiglianza con la famiglia era sorprendente. Dannazione, sperava di non avere ragione.

"Vedo che hai un ospite ", disse Andy. "Qualcuno che non dovrebbe essere qui".

Jed non distolse lo sguardo da Andy e la tensione salì. Perché Jed non diceva nulla?

"Cosa ci fai qui, Diana? " chiese Andy. "Ti avevo detto di lasciare la città e di non tornare mai più".

"Non puoi dirmi cosa devo fare, Andy", disse lei. "Non hai voce in capitolo nella mia vita. Se voglio tornare qui, è un mio diritto".

Diana era conscia che, in qualche modo, ci sarebbe stato un confronto con Andy, ma non si aspettava questo, e non così presto. Incrociò le braccia sul petto, sentendo quella scomoda vulnerabilità. Dal modo in cui Andy la fissava, capì che la terrorizzava ancora. *Non ha alcun potere su di me,* cercò di ricordare a se stessa.

"No, non lo è. "Andy non distolse lo sguardo. "Hai con te quella puttana di tua madre? Dov'è? "

Non avrebbe mai dimenticato la rabbia nella sua voce di quella notte di tanto tempo prima. Era lo stesso anche adesso. Doveva ricordarsi di mantenere la calma. "Non ho idea di dove sia Faye, non che te lo direi, comunque".

Jed rimase immobile, senza distogliere lo sguardo da Andy, e lei temette quello che doveva star pensando di lei.

"Vedo che vuoi giocare con me", disse Andy. "Ti è stato detto di andartene e di non tornare mai più. "

Diana tremava dentro, ma riuscì a guardare Andy dritto negli occhi. "L'hai detto a mia madre. Ero solo una bambina. E non c'è alcuna possibilità che tu abbia voce in capitolo su dove vada o cosa faccia. Non puoi costringermi ad andarmene. "

"Beh, è qui che ti sbagli", disse Andy. "Jed, buttala fuori".

Diana si rese conto che forse non avrebbe dovuto lasciare la sua borsa pronta in cabina. Il vecchio e familiare panico le punse la gola mentre Andy dava l'ordine e guardava Jed, che si portò le braccia al petto e raddrizzò la schiena. Non guardò verso di lei.

"Che cazzo di problema hai, Andy?", chiese. "Non mi puoi ordinare di fare nulla nella mia proprietà, mai. Sembra che voi due abbiate avuto un passato e quello che sento finora non mi piace. "

Jed non aveva ancora distolto lo sguardo da Andy e Diana non sapeva cosa fare. Fissava un uomo che non si stava allineando agli ordini di Andy. Molte cose di Jed la confondevano.

"Jed, ascoltami", disse Andy. "Non vuoi questa spazzatura qui, credimi. È una Claremont in cerca di un biglietto da visita. Lei e sua madre porteranno qui la droga, la venderanno, si prostituiranno, tradiranno...". Andy le fece un gesto piuttosto brusco.

Jed la guardò solo per un secondo, ma fu un secondo in cui vide la confusione e gli interrogativi nei suoi occhi.

"Senti, Jed, è stata addestrata dai migliori. Ti distruggerà. Non le importa a chi fa male. Ti deruberà senza pensarci due volte". Andy riportò lo sguardo su Diana, lasciandolo indugiare sui suoi seni in un modo che le fece venire voglia di schiaffeggiarlo. Dannazione, perché le faceva questo? Lei non gli aveva mai fatto nulla. Era stata sua madre e lei non sapeva ancora tutte le cose orribili che Faye aveva fatto.

Diana si tirò le braccia sui seni, cercando di nascondersi. "Ti prego, smettila, Andy", disse. "Non sono mia madre. Non ho mai fatto nulla di tutto ciò. Non mi drogo e non bevo. Ero solo una bambina e tu mi hai portato via tutto. E per la cronaca, il mio nome non è più Claremont. Mi chiamo Diana Fulton".

Perché Jed non diceva nulla? Le lanciò di nuovo un'occhiata, con la confusione che aleggiava in quegli occhi marrone whisky.

"La signora Fulton, vero? " disse Andy. "Che cosa hai fatto, ha sposato un tizio e gli ha tolto tutto quello che aveva, e ora hai messo gli occhi su mio cugino?".

Sentì uno schiaffo anche se lui non l'aveva toccata. Per un attimo, non riuscì a muovere la lingua. Gli occhi le pungevano per le lacrime e ripensò a quella notte di tanto tempo fa, che l'aveva trasformata nella persona che era oggi. "Non sono mai stata sposata", disse. "Sono stata adottata da una coppia di anziani molto gentili e amorevoli che mi hanno dato il loro nome. Sono morti in un incidente d'auto, un tamponamento a catena, mentre venivano a trovarmi al mio primo anno di giurisprudenza. "

Non riuscì a far uscire nient'altro, respingendo le lacrime, portandosi la mano sugli occhi, ricordando le ore di attesa e loro due che non erano mai arrivati. Il modo in cui Andy la guardava ora era qualcosa che lei non riconosceva: vergogna, shock, qualcosa di diverso dalla rabbia. Sentiva che anche Jed la osservava con attenzione, e il ricordo della crudezza di aver perso tutto in una notte era un compagno sgradito.

"Mi dispiace. Non lo sapevo. Non avrei dovuto dirlo", disse Andy. Fece un gesto verso di lei e c'era qualcosa di imbarazzato in lui ora.

"No, non lo sapevi", disse lei. "Ma d'altronde, la preoccupazione per i sentimenti altrui non è mai stata una caratteristica di un Friessen".

Andy era di nuovo arrabbiato e persino lei sentiva il morso delle sue parole. Accidenti, stava combinando un pasticcio, ma voleva che lui sentisse la ferita, il dolore, anche solo un po' di quello che aveva provato lei.

"Detto dalla figlia di Faye Claremont è un po' come il bue che dà del cornuto all'asino", replicò lui. "Dare importanza a qualcuno che non fosse lei stessa non era una cosa che faceva tua madre".

Diana strinse i pugni, sentendo la rabbia che la spingeva ad avvicinarsi di un altro passo. "Non ho mai fatto del male a nessuno, mai. Io e Louisa ci siamo solo trovate nel mezzo di una battaglia per la quale non abbiamo mai firmato. Non meritavamo di essere trattate come spazzatura o di essere buttate in mezzo alla strada, come hai fatto tu. Questa era la tua battaglia con Faye, non con noi. Può aver fatto qualcosa a tuo padre, ma sembri dimenticare che Louisa e io abbiamo pagato il prezzo più alto per questo. Eravamo solo due ragazzine terrorizzate che volevano che a qualcuno importasse di noi, e all'improvviso, siamo diventate una garanzia di disgrazia. "

Diana fece un altro passo verso l'uomo, appoggiò entrambe le mani sul petto di Andy e lo spinse, ma lui non si mosse. Jed si avvicinò, con la mano sul braccio di lei, e si mise in mezzo a loro.

"Diana, basta", disse. "Ho bisogno che vi fermiate entrambi prima che la situazione degeneri. E per la cronaca, Diana, io sono un Friessen e non mi sono mai approfittato di nessuno né ho mai fatto del male a qualcuno. Quindi dovete smetterla entrambi, perché non mi piace tutto quello che ho sentito finora".

Diana si staccò da Jed, facendo un passo indietro. "Avevo solo tredici anni, Andy. Non avevi il diritto di fare quello che hai fatto. E ogni azione ha delle conseguenze. Quella notte ho perso tutto, mia madre, la mia casa, tutto ciò che possedevo. E Louisa. È morta. Hai bruciato la nostra casa, dandomi solo un minuto per prendere quello che potevo...". La sua voce era stranamente distante.

Andy sembrò confuso, poi scosse la testa ed ecco l'arroganza nella sua espressione tornare, che le fece venire voglia di schiaffeggiarlo. "È una bella storia, Diana. Dannazione, per un attimo ti ho quasi creduta. Ma sai una cosa? Mi ricordi Faye, perché nessuno era più bravo di lei a raccontare una storia sfortunata e drammatica. Non posso fare a meno di pensare: tale madre, tale figlia. Ti ha insegnato bene, ma con me non funzionerà".

Questo le fece fare un passo indietro. Diana cercò di colpirgli il viso, ma lui fu veloce e le afferrò il polso mentre lei cercava di ritirarsi, tenendolo stretto.

"Andy, ti avverto, lasciala andare". Jed era lì, con la mano su Andy.

Andy le lasciò il polso, alzò la mano e fece un passo indietro. Lei sentì il bruciore del punto in cui l'aveva toccata e lui si toccò il viso dove lei l'aveva schiaffeggiato, dove aveva lasciato l'impronta della sua mano.

"E fai un passo indietro anche tu", disse Jed. Dal modo in cui la guardava, poteva percepire la sua rabbia. Lei sentì l'avvertimento, si strinse di nuovo la mano e si tirò le braccia sul petto. Questo confronto non avrebbe portato a nulla.

"Perché sei tornata qui, Diana? " chiese Andy. "Di cosa si tratta veramente, di soldi, di vendetta, di distruggere me e mio padre, di arrivare a noi attraverso mio cugino? E dov'è Faye? Non mi hai ancora risposto. Ti nascondi, ti muovi di nascosto, pianifichi...".

Diana non riusciva a guardare Jed. Si vergognava del fatto che Andy avesse potuto buttare giù con tanta facilità un'altra storia su di lei che non era vera. "Non sapevo che Jed fosse tuo cugino", disse, e lasciò che il suo sguardo si soffermasse su di lui. "Posso solo dire che sembra che l'universo abbia uno strano senso dell'umorismo. Non ho idea di dove sia mia madre. Non la vedo dalla notte in cui ci hai bruciato la casa. Ha lasciato me e mia sorella nella sua Jeep, parcheggiata fuori da un bar di Portland a notte fonda. Ha detto che aveva bisogno di soldi. Hai ragione, ha fatto di tutto, droghe, alcol, uomini. Ha cercato di vendere droga all'uomo sbagliato, un poliziotto sotto copertura, ed è stata arrestata. I poliziotti hanno preso me e mia sorella.

"Sai che Louisa prendeva pillole ogni giorno per le crisi epilettiche? Non riuscivo a trovare il flacone che avevo messo nel sacco della spazzatura dove avevo buttato alcune delle nostre cose. Ha avuto un attacco alla stazione di polizia mentre aspettavamo l'assistente sociale, probabilmente a causa dello stress. L'hanno portata in ospedale ma non mi hanno lasciata andare con lei. Mi diedero in affidamento, un posto di emergenza, come lo chiamavano loro. Mia sorella morì da sola. Non mi è stato permesso nemmeno di vederla. Mia madre lo sa?". Diana scrollò le spalle. "Non ne ho idea. So solo che le hanno dato dieci anni di prigione per aver messo in pericolo dei bambini e per aver venduto droga, e che mia sorella è stata sepolta in una tomba di Stato con solo una lapide anonima. Sono tornata qui per un motivo? Certo che sì. Quello che tu e tuo padre avete fatto tanti anni fa era sbagliato, non solo illegale, ma sbagliato. Così ho studiato legge e ho imparato quali sono i miei diritti. Ho visto come troppi si prendono impunemente i diritti di coloro che non possono reagire. Ho capito come funziona davvero la legge, come viene manipolata. Non sono più quella ragazzina terrorizzata che può essere vittima di bullismo da parte tua e di tuo padre. "

Andy inclinò la testa e quegli occhi azzurri e gelidi le lanciarono un avvertimento. Lei sapeva che non doveva giocare con lui. "Sembra che tu mi stia minacciando, Diana", disse. "Un consiglio? Non litigare con me, perché ti garantisco che ti farai male. Se ti metti contro di me o contro mio padre, ti seppellisco, cazzo. Ecco un avvertimento amichevole: fai le valigie, torna da dove sei venuta e vai avanti con la tua vita, che non è qui. Le porte di questa città saranno sempre chiuse per una Claremont. Connivenze, intrighi... Da quello che sento, sembra che tu stia riprendendo da dove tua madre ha lasciato. Dici di non averla sentita, quindi spera per il tuo bene che non torni a ficcare il naso da queste parti".

Andy lasciò che il suo sguardo si soffermasse di nuovo su di lei. A cosa diavolo stava pensando? Scosse la testa e disse: "Sai, la tua storia è quasi credibile, ma il problema è che sei la copia sputata di tua madre, e questo non è un bene per te".

Anche se Andy non l'aveva toccata, lo schiaffo delle sue parole la ferì più di ogni altra cosa. Era stata gettata nell'ombra di Faye.

Sentì la mano di Jed sul braccio e lui era in piedi di fronte a lei, indicandole il suo furgone. Disse: "Diana, la tua spesa è nel furgone. Prendila e portala in casa. Mettila via prima che il gelato si sciolga".

Diana non era pronta ad andarsene. Aveva ancora alcune cose da dire a Andy. Ma Jed l'aveva allontanata da lui e il fatto era che non le stava chiedendo di andarsene. Le aveva fatto la spesa. Perché?

Lei si limitò ad annuire. "Bene", fu tutto ciò che disse, si avvicinò al furgone di Jed e aprì la portiera del passeggero per vedere tre borse della spesa. Per tutto il tempo, le parole di Andy le rimasero in testa e lei osservò i cugini. Qualunque cosa Jed gli stesse dicendo, non la tranquillizzò. Infatti, mentre prendeva una busta della spesa, era ben consapevole che le prossime parole che Jed le avrebbe detto sarebbero state: "È ora che tu vada".

# CAPITOLO
## Dodici

Segreti e bugie. Cosa diavolo stava succedendo?

Jed fissò il cugino e guardò la rossa più bella che avesse mai visto entrare in casa sua, portando due borse della spesa.

"Perché è qui, Jed? " gli chiese Andy. "Devi ascoltarmi su questo: è un problema. Sbarazzati di lei". Questo era un lato di Andy che non vedeva spesso, ma ora lo stava vedendo.

"Non si viene a casa mia, sulla mia terra, a dirmi chi posso o non posso vedere e ospitare", disse Jed. "Se per te è lo stesso, Andy, credo sia ora che tu te ne vada".

Suo cugino stava osservando la porta aperta di casa sua, che Diana, una donna di cui non sapeva nulla, aveva appena varcato. "Stai commettendo un errore, Jed. Sta cercando di arrivare a me attraverso di te. "

"Dammi un po' di fiducia, Andy. Sembra che tu e tuo padre abbiate superato molti limiti. Vuoi dirmi cosa avete fatto? "

Andy scosse la testa, con il volto duro. Jed stava vedendo un lato di suo cugino che aveva sospettato, ma ora aveva più domande che risposte. Andy sollevò le mani in aria, si avvicinò al suo pick-up, si mise al volante, fece retromarcia e, mentre accostò a Jed, abbassò il finestrino.

"Sei mio cugino, Jed", disse. "Sai cos'è un seme cattivo? Non dire che non ti avevo avvertito". Poi alzò il finestrino e se ne andò, lasciando una scia di polvere dietro di sé.

Jed si avvicinò al suo pick-up e prese l'ultima borsa sul sedile, poi chiuse lo sportello e si avviò verso il suo piccolo bungalow, vedendo le infinite riparazioni che doveva ancora fare. Mentre saliva sulla cassa ed entrava in casa, vide Diana infilare un cartone di latte nel frigorifero della vecchia e disordinata cucina a forma di scatola. Mise la borsa sul tavolino, che aveva due vecchie sedie sgangherate ed era coperto da una pila di vecchi libri e da alcune bottiglie vuote che non aveva ancora eliminato. Osservò i grandi occhi che lo fissavano e la tensione che aleggiava nella stanza.

"Spero che ci sia tutto", disse. "La ragazza che lavorava ha detto che era abbastanza sicura che ci fosse tutto quello che avevi scelto". Jed non riusciva ancora a capire l'odio per Diana.

"Vuoi che me ne vada?", sussurrò lei. Si chiese cosa stesse nascondendo. Nel suo tono c'era un'asprezza che non si aspettava.

"*Voglio* sapere cosa diavolo è successo. Perché mio cugino ce l'ha con te? Vivevi qui? Non l'ho mai visto prendersela con qualcuno in questo modo. Ha ragione? Sei tornata qui per regolare qualche conto? Sei coinvolta in qualcosa di illegale? Sul serio, Diana, porti qui della droga? Queste sono alcune domande, per cominciare, ma posso dire di averne anche molte altre".

Non sapeva cosa pensare di lei. Era bella, ma non aveva la minima idea di chi fosse. Era possibile che tutto quello che aveva detto suo cugino fosse vero?

"Non sono una spacciatrice", replicò. "Ma mia madre lo era, tra le altre cose e qualsiasi cosa facesse con Todd Friessen. Quando ero solo una bambina, vivevo qui. Vivevamo in una vecchia casa che lei aveva avuto da Todd, in una proprietà dei Friessen. Lei era uno dei suoi giocattoli o come vuoi chiamarli. Faye era tutta concentrata su Todd, ogni notte, ogni giorno, ogni momento, da quello che ricordo. Non era una gran madre. Gli armadi erano sempre vuoti e c'erano più feste, droghe e alcolici che cibo per noi. Questo è stato ciò con cui sono cresciuta fino alla notte in cui Andy ci ha bruciato la casa. Sono responsabile per quello che ha fatto? Se vuoi perquisire la mia borsa, è già pronta nella mia cabina. Non ho droghe." Sembrava calma, ma poteva vedere quanto fosse scossa.

"No, non sei responsabile di ciò che ha fatto tua madre, ma sei responsabile di te stessa e delle scelte che fai. Non mi interessa frugare tra le tue cose, Diana. Voglio solo la dannata verità." Si chiese quanto della sua storia fosse una bugia.

Diana fece un respiro tremante. "Ho bisogno di sapere se devo preoccuparmi che tu possa buttare via tutto quello che ho per capriccio", disse. "Perché se la direzione è questa, preferirei andarmene da sola piuttosto che essere trattata come sono stata trattata all'epoca. Non meritavo di essere trattata in modo così crudele e non lo apprezzerei nemmeno adesso. Ho pagato il bungalow per cinque giorni, per le lezioni...". Lei fece un gesto verso di lui e smise di parlare, e lui non sapeva cosa stesse vedendo, vulnerabilità, paura, sì, ma comunque, una combattente.

"Rispondi a questo", disse. "Vedi ancora tua madre? Fa parte della tua vita? Hai detto che è in prigione. "

Lei non distolse lo sguardo. La tristezza indugiava in quegli occhi azzurro cielo come se portasse il peso del mondo. "La notte in cui Andy ci bruciò la casa, mia madre ci portò a Portland. Si fermò in un bar alla periferia della città e mi disse di non muovermi, lasciando me e la mia sorellina nel parcheggio buio. Disse che doveva fare un po' di soldi. Entrò in un bar con pillole ed erba e, come ho detto, fu arrestata per averle vendute a qualche poliziotto sotto copertura. Non l'ho più vista. Le hanno dato dieci anni, ed è stato quindici anni fa. Non mi ha mai contattata, e nemmeno io ho provato a farlo. Non ho idea di dove sia, né voglio saperlo".

Jed sospirò. "È una storia difficile, Diana. Un bambino non dovrebbe mai vivere così. Mi dispiace per la tua sorellina."

Diana distolse lo sguardo e scrollò le spalle. Non poteva immaginare cosa avesse passato. Lei disse: "Non mi hai mai risposto, Jed, sul fatto se vuoi buttarmi fuori".

"E non mi hai mai risposto sul perché sei davvero qui. Si tratta di vendetta?".

Diana emise un pesante sospiro e scosse la testa.

"Il tuo silenzio dice molto, Diana. Ma ascoltami bene: nessuno mi dice cosa fare nella mia terra. Questa è casa mia. Qualsiasi problema mio cugino abbia con te, resta fuori da questa terra. Non ti caccerò via. Hai pagato per un posto e per delle lezioni, e io onoro sempre la mia parola. Non verrai più minacciata qui. Ma non posso fare a meno di chiedermi perché sei venuta in un posto dove non sei gradita. Non sono uno sciocco, Diana. Ho capito quello che è successo e che eri solo una ragazzina, ma c'è molta rabbia da portare con sé per una storia del genere. Perché sei davvero qui?"

La sua bocca era stretta, ostinata, pensò Jed. Poteva vederla pensare. Chiuse gli occhi e poi li riaprì, guardandolo, piena di fuoco, di passione, di molte emozioni. "Vuoi sapere perché sono davvero qui?", disse. "Perché quella notte, ha cambiato la mia vita per sempre. Sono dannatamente arrabbiata, ma soprattutto, sono tornata per avere giustizia per la mia sorellina, che non aveva voce. È sottoterra a causa di una guerra tra Andy, Todd e mia madre, nella quale io e lei ci siamo trovate in mezzo".

# CAPITOLO
# Tredici

Il sole era sorto all'orizzonte e Diana si trovava alla finestra della cucina di Jed, in attesa che il tostapane finisse di cuocere le fette al suo interno. Jed era appena uscito dal fienile con una carriola piena di letame. Non le aveva più detto nulla da quando lei aveva sbottato con rabbia e frustrazione. Lei lo sapeva bene. In effetti, era stato piuttosto stupido raccontare tutto a lui in quel modo e si chiedeva ancora se Jed avrebbe condiviso con Andy qualcosa di quello che aveva detto.

Il tostapane suonò e Diana prese entrambe le fette, scottandosi le dita. Li imburrò rapidamente e poi spalmò il burro di arachidi su entrambi, prima di infilarsene un pezzo in bocca. Il suo cellulare squillò e lo tirò fuori dalla tasca posteriore dei jeans, vedendo una notifica. Non riconobbe il numero. "Pronto?"

"Parlo con Diana Fulton, l'avvocato?", sussurrò dolcemente una donna all'altro capo.

Diana non si mosse. Non c'era campo vicino al suo SUV, quindi la donna aveva chiamato proprio al momento giusto. Guardò Jed attraverso la finestra della cucina, che stava ancora trasportando la carriola piena di letame. "Sì, sono Diana Fulton. Cosa posso fare per lei?".

"Non so se può aiutarmi, ma ho visto il suo volantino all'ufficio postale e, beh, mi trovo ad avere bisogno di un avvocato".

Diana aveva le dita sporche di burro d'arachidi e non c'era un fazzoletto di carta, così aprì il rubinetto e le sciacquò. Diede un'occhiata alla porta e si avviò verso di essa, ma non aveva la minima idea di dove iniziasse e finisse il servizio di telefonia mobile.

"È fantastico", disse. "Non ho un ufficio, quindi al momento sono una specie di servizio mobile. Può parlarmi un po' del problema? "

"Preferirei non parlarne al telefono", disse la donna. "C'è un uomo con cui sono stata coinvolta e che ha deciso che è arrivato il momento per me di andarmene. Vorrei sapere quali sono i miei diritti e se può fare qualcosa per me".

Diana aveva bisogno di una penna e di un pezzo di carta. Ne individuò uno sul tavolo disordinato insieme alla busta di carta ripiegata. "Beh, che ne dice se vengo da lei e vedo cosa posso fare? Mi lasci prendere una penna. Mi dispiace, il servizio di telefonia mobile dove mi trovo è discontinuo". Posò il telefono accanto al suo toast e si affrettò verso il tavolo, dove prese la penna e strappò un pezzo del sacchetto di carta marrone. Tornò di corsa a prendere il telefono. "Come si chiama e qual è il suo indirizzo? "

"Mi chiamo Bonnie. Grazie, signorina Fulton."

"Diana. Mi chiami Diana". Scarabocchiò l'indirizzo, che sapeva essere vicino alla periferia della città. "Solo una domanda. È un fidanzato o un marito? È una proprietà condivisa che cerca di avere?". Poteva essere qualsiasi cosa, ma era un lavoro e ne aveva bisogno.

"Beh, in realtà, un fidanzato, o meglio, sono l'amante di un uomo molto ricco".

Diana posò la penna e fissò la finestra con una strana sensazione. "Per caso conosco quest'uomo? "

Ci fu un attimo di silenzio. "Se sei di queste parti. Tanto vale che lo dica e basta. È Todd Friessen. Spero che le prossime parole che ti usciranno di bocca non siano: "mi dispiace, ma non posso aiutarti". So che i Friessen controllano praticamente tutti, e qualsiasi avvocato qui non li perseguirebbe mai. "

Il cuore di Diana ebbe un sussulto. Una rabbia familiare emerse dal nulla. "Non lo farei mai", disse. "Ci vediamo tra un'ora". Poi riattaccò, tenendo in mano il cellulare, fissando il nome e l'indirizzo e sentendo per un attimo che la giustizia le veniva consegnata su un piatto d'argento. Era l'occasione per fare a pezzi Todd Friessen. "Okay, Diana, tieni la testa a posto", ricordò a se stessa.

Diede un altro morso al toast. Jed Friessen stava di nuovo conducendo un cavallo fuori da una stalla. Mentre finiva la colazione, cercò di organizzare i suoi pensieri.

Successivamente, uscì dalla cucina e dalla casa e si affrettò verso il suo bungalow, dove si cambiò con pantaloni leggeri e una camicia semplice. Si infilò le scarpe da ginnastica e si diede una bella spazzolata ai capelli ondulati, poi prese la custodia del portatile sulla branda, sopra il sacco a pelo, e si affrettò a raggiungere il suo SUV. Aveva infilato il portatile nel bagagliaio e aveva appena chiuso la portiera quando vide Jed dirigersi verso di lei, dopo aver legato due cavalli al recinto.

"Dove vai? ", esclamò. "Ho i cavalli pronti per un'altra lezione. "

"Mi dispiace, Jed. Mi ha appena chiamato una persona in città che ha bisogno di un avvocato. Devo incontrarla. Ti andrebbe bene se spostassimo la lezione a oggi pomeriggio? "

Jed distolse lo sguardo, con la camicia a quadri coperta di sudore e sporcizia e le maniche arrotolate fino ai gomiti. Le punte dei suoi capelli ricci castani spuntavano da sotto il cappello, umide e un po' troppo lunghe. Fece un cenno. "Va bene", disse soltanto, poi tornò verso il recinto, slegò entrambi i cavalli e li condusse dentro.

Diana non sapeva cosa pensare di Jed. Era un Friessen, ma non si comportava come tale. Mentre si metteva al volante e avviava il SUV, osservando preoccupata il quarto di serbatoio di benzina che le rimaneva, si chiese come Jed si inserisse nella famiglia Friessen.

Si chiese se fosse per via di Jed che vedeva il cartello di North Lakewood in modo diverso. Individuò il distributore di benzina alla periferia della città e vi accostò, prendendo il portafoglio. Scese proprio mentre un uomo anziano con occhiali spessi, che indossava una tuta blu da meccanico ricoperta di grasso, uscì dall'interno, pulendosi le mani. Il modo in cui la guardò le diede di nuovo quella sensazione di disagio che era riuscita a scrollarsi di dosso da Jed.

"Salve, può farmi il pieno?", disse.

L'uomo fece una smorfia e lasciò indugiare lo sguardo. "Non l'avrei mai creduto", disse. "Avevo sentito che la figlia di Faye Claremont fosse tornata, ma pensavo fossero solo pettegolezzi".

"Solo la benzina, per favore", disse e infilò il portafoglio sotto il braccio.

L'uomo scosse la testa. "Se per te è lo stesso, signorina, preferisco che tu ti rivolga altrove per i tuoi affari. "

"Dici sul serio? Sono quasi senza benzina. Perché?", esclamò lei, furiosa. La maniglia della pompa di benzina era proprio lì, ma lui ora la ostacolava.

"Tua madre è in debito con me. Hai intenzione di saldare i suoi debiti?".

Diana non aveva idea di cosa dire. Cos'altro aveva fatto sua madre? "Non sono mia madre e non l'ho più vista da quando ce ne siamo andate da qui", disse, anche se stava pensando: "*Ho già pagato abbastanza*".

L'uomo scosse di nuovo la testa. "Sai, non mi piace avere guai, quindi ti sarei grato se te ne andassi e non tornassi. Il fatto è, signorina, che tu dici di non essere tua madre, ma purtroppo le assomigli troppo. Vai avanti, capito? Vattene", disse agitando la mano.

Sapeva che se avesse insistito, la chiamata successiva avrebbe potuto essere allo sceriffo, altri guai di cui non aveva bisogno. "Va bene", esclamò. Aprì la portiera del SUV e vi salì.

Sapeva che non sarebbe stato facile tornare, ma non immaginava quanto profondo fosse l'odio della gente. Quell'uomo, che nemmeno ricordava, la stava osservando mentre controllava l'indirizzo di Bonnie, a pochi isolati di distanza. Il serbatoio della benzina era ormai sotto il quarto, un altro promemoria dell'importanza di essere sempre preparati.

Si fermò davanti a una piccola casa dipinta di bianco ai margini della città. Non era niente di speciale, ma era pulita e ordinata, con una staccionata bianca e cesti ovunque pieni di vivaci fiori rossi, viola e rosa.

Diana recuperò la sua valigetta dal retro, sentendosi ancora una volta il fiato di Andy Friessen sul collo.

Dovette ricordarsi di scrollarselo di dosso mentre saliva i gradini e batteva due colpi decisi, probabilmente un po' più forte del necessario. Si costrinse a emettere un respiro e calmarsi quando una donna con i capelli biondi lunghi fino alle spalle, non molto più grande di lei, aprì la porta.

"Oh, salve, Diana?"

"Sì, sono io. Tu devi essere Bonnie? "

"Lo sono. Prego, accomodati". La donna sorrise, mostrando dei bellissimi denti bianchi.

Diana entrò in un salotto caldo e accogliente, pieno di verde e giallo, arredato con gusto, con grandi e soffici cuscini sul divano e sulla poltrona. Sentì la porta chiudersi alle sue spalle.

"Non preoccuparti delle scarpe", disse Bonnie. "Entra e siediti". Fece un gesto verso il soggiorno e Diana si avvicinò alla poltrona e si sedette, posando la valigetta sul pavimento ai suoi piedi. "Posso offrirti un caffè? Ho appena messo su una caffettiera, oppure potrei fare del tè?".

Diana frugò nella borsa e tirò fuori un blocco di carta e una penna. "No, grazie. Sto bene così. Perché non ti siedi e mi spieghi la tua situazione e io vedrò cosa posso fare per aiutarti? Quando hai chiamato, hai detto di avere una relazione con Todd Friessen e che hai chiuso con lui".

Bonnie si sedette su una poltrona di fronte a lei. Indossava un paio di pantaloni neri e una camicia rosa senza maniche, e aveva un fisico sinuoso. I suoi occhi erano di una tenue tonalità castana e aveva le lentiggini. "No, lui ha deciso che avevamo finito. È arrivato un messaggio di suo figlio. Ho un negozio, un negozio di caramelle nel grande centro commerciale, ma Todd mi ha messo lì e possiede l'inventario, il posto. Era mio, ma ora mi è stato detto di andarmene. Immagino che tutto andasse bene finché andava a letto con me negli ultimi due anni, anche se è sposato. Todd è fatto così. Rimane sposato e tiene un'amante. Non lo so... Ho pensato che un giorno l'avrebbe lasciata, ma nel frattempo sapevo che stavo giocando con il fuoco. Solo che non mi aspettavo di bruciarmi così in fretta".

Distolse lo sguardo e per un attimo Diana poté sentire la sua vergogna. Bonnie intrecciò le dita. "Sono sicura che stai pensando: "come ho potuto mettermi con un uomo sposato, come se non avessi rispetto di me stessa? "

Diana si chiedeva molte cose su cosa potesse spingere una donna a mettersi con un uomo sposato con un'altra. Forse, ascoltare quello che Bonnie aveva da dire l'avrebbe aiutata a capire perché sua madre aveva fatto quello che aveva fatto. "Non sono qui per giudicarti, Bonnie. Sono qui solo per vedere se posso aiutarti".

Bonnie rivolse a Diana un sorriso e annuì. "Speravo che le voci fossero vere".

Diana sentì di nuovo quel disagio. "Quali voci?"

"Che è arrivata in città una giovane donna, un avvocato, e sua madre era stata un'amante di Todd. In città si dice che avesse dei figli e che Todd e Andy li avesse mandati via con lei. Forse puoi davvero capire come mi sento io, che sono stata gettata via come spazzatura e che ho avuto a che fare con Andy, che tra l'altro è quello che è entrato nel mio negozio con la sicurezza e l'arroganza di un uomo che può tutto e mi ha accompagnata fuori dalla proprietà. Mi ha detto di fare i bagagli e di andarmene dalla città, che suo padre aveva chiuso con me".

Diana si limitò a fissare con orrore la donna che le stava di fronte. Non aveva intenzione di parlare della sua vita privata e di quello che era successo. "Hai detto che questo negozio è tuo. È a tuo nome?".

Scosse la testa. "Ho detto a Andy che il negozio era mio quando è arrivato, ma lui ha detto che mi sbagliavo, che suo padre non era così stupido. Tutto quello che era stato creato, sulla carta era a nome di Friessen, compresi i contratti con i fornitori".

Diana stava scarabocchiando degli appunti. "Hai mai firmato un contratto d'affitto?".

Bonnie sembrò perplessa, poi scosse lentamente la testa.

"Hai acquistato tu le azioni del negozio? Qualcuna era intestata a te? Hai le ricevute dei tuoi fornitori?". Diana batté la penna sul blocco di carta in equilibrio sulle ginocchia.

Ancora una volta, Bonnie scosse la testa.

"Avevi un accordo scritto con Todd?".

"No. Mi sono fidata di lui. Io facevo gli ordini e tutti i fornitori gli mandavano le fatture. Ha fatto preparare tutto alla sua segretaria e mi ha affidato il negozio". Bonnie alzò di nuovo le spalle. Forse si stava rendendo conto di quanto fosse grave la sua situazione, visto che i suoi occhi ora assumevano una nota di tristezza.

"Bonnie, come ti hanno pagata? ", chiese Diana. "Voglio dire, la tua casa è davvero bella e il modo in cui l'hai arredata e decorata non può essere costato poco. Hai preso uno stipendio dal negozio o Todd ti ha dato dei soldi? Chi paga questa casa?". Sapeva di essere stata piuttosto dura, ma Bonnie aveva già detto che Andy le aveva detto di lasciare la città.

Bonnie si accigliò e arrossì prima di rispondere.

"Beh, era il mio negozio. Mi tenevo tutti i soldi delle vendite. Todd mi prendeva in giro e li chiamava i miei 'soldi pazzi'. Questa casa è stata pagata da lui. Non ero una dipendente, ma pensavo che tu avresti capito meglio di chiunque altro. Dopo tutto, tua madre è stata mantenuta da Todd prima che lasciasse che Andy vi buttasse fuori. Todd ha sempre fatto così. Fa in modo che Andy vada a ripulire quando ha finito con una donna, mandandola via dalla città. Non guardarmi così, perché non ho puntato su Todd. È stato il contrario. C'è qualcosa in lui...". Sembrava così sulla difensiva. "Sapevo che c'era qualcosa che non andava, perché da settimane non lo vedo quasi più. Si è allontanato, ha smesso di venire da me. Si dice che si capisce quando un uomo ha voltato pagina. Non l'ho mai capito fino ad ora. Lui ha voltato pagina. Ha un'altra".

Diana strinse la penna, chiedendosi come una donna potesse permettere a un uomo di trattarla in questo modo. Si ritrovò a pensare a Jed e a quanto lui sembrasse diverso. "E questa casa, è tua?".

Bonnie scosse la testa. "Me l'ha comprato Todd. È a suo nome".

Diana annuì. "Ok, torniamo al tuo negozio. Hai preso i soldi dalla cassa e non li hai depositati in banca ma nelle tue tasche?".

Bonnie arrossì e annuì di nuovo.

"Non hai pagato le tasse?"

Gli occhi di Bonnie si allargarono. Sembrava che avesse difficoltà a deglutire. Scosse lentamente la testa. "Ho fatto un casino, vero?".

"Beh, mettiamola così: da quello che mi hai detto, sei semplicemente un'ospite in casa di Todd. Non hai alcun diritto legale su questo posto, poiché non sei sua moglie o la sua compagna di vita. Lui vive con la moglie in un'altra casa. Non hai alcun documento che dimostri che ti ha dato questa casa. Non paghi l'affitto, quindi le leggi sull'affitto non ti proteggono. Di fatto, stai violando la proprietà. Se lui decidesse di ricorrere alla legge e di buttarti fuori, non avresti alcun appiglio legale su cui reggerti. L'onere della prova spetta a te, a meno che non abbia testimoni che si facciano avanti a tuo favore".

Diana si rendeva conto di come questa giovane donna non avesse molte gambe su cui reggersi. Era alla mercé di Andy e Todd, due uomini che Diana non credeva avrebbe mai perdonato per come avevano distrutto la sua vita.

"Nessuno si opporrà a Todd o a Andy, non per me", disse Bonnie. "Che cosa farò? "

Diana si rese conto che questo era uno dei motivi per cui era tornata. La legge era chiaramente dalla parte di Todd, ma questo era moralmente riprovevole e sembrava che nulla fosse cambiato rispetto a quindici anni prima. "Bonnie, sarò sincera con te. Con tutto quello che c'è a nome di Todd, lui ha la legge dalla sua parte. Una delle cose che temo è che il negozio di dolciumi possa essere un problema. Come hai detto tu, prendevi i soldi direttamente dal registratore di cassa e Todd potrebbe sostenere che si tratti di furto e farti arrestare, a meno che tu non abbia qualcosa di scritto che attesti che è tutto a posto. Ma allo stesso tempo, se non ti ha registrato sul libro paga come dipendente, anche lui potrebbe essere nei guai. Se volesse renderti la vita difficile, potrebbe farlo. Il mio suggerimento è che tu debba andare avanti. Lasciare la città. Todd è un cane e tu non puoi cambiarlo. Sei solo una tacca sulla sua testiera, e per lui le donne sono solo questo. Non puoi costringere un uomo ad amarti o a impegnarsi con te. Con quello che sta facendo, beh, dovrebbe esserci una legge per proteggere le donne da uomini come Todd Friessen". *E Andy,* pensò, ma non lo disse.

"Ma non ho soldi", disse Bonnie. "Non ho risparmiato nulla. Sono certa che penserai sia stata una sciocchezza, e ora mi sto prendendo a calci, ma non mi sarei mai aspettata di essere messa da parte. Pensavo davvero che gli importasse di me, che mi amasse. Come può una persona che ti ama fare questo?".

Diana si ritrovò a guardare il salotto, verso la porta d'ingresso, chiedendosi se Andy l'avrebbe attraversata e buttato fuori Bonnie. "Credo che tu abbia risposto alla tua stessa domanda. Capisco quanto faccia male, ma tutto ciò che posso suggerire è che forse posso trovare un accordo pacifico con Andy, in modo che tu possa ricominciare da un'altra parte". "

"Non voglio trasferirmi. Amo questa casa". Bonnie si aggrappò ai braccioli della sedia e Diana poté sentire la sua paura, la paura dell'ignoto. La donna era ancora molto innamorata di Todd Friessen.

"Ti darò un po' di amore severo, Bonnie. Forse ora non sembra, ma restare qui, dopo quello che ha fatto Todd, sarà come versare sale sulla ferita. Lascia che ti trovi un accordo, così potrai allontanarti da lui prima che ti distrugga".

C'era qualcosa in Bonnie che rendeva Diana sicura che non stesse ascoltando quello che diceva. Forse non era pronta a lasciarsi andare, ma era sulla buona strada per bruciarsi e di brutto.

"Sai, Diana, ho sentito parlare di tua madre", disse Bonnie. "Qui i pettegolezzi amano volare. Todd ha una certa reputazione e forse a qualcuno piace condividerla per vedere la mia reazione. Alcuni hanno sottolineato la lunga serie di amanti che ha avuto. Ma tutti qui hanno sentito parlare di Faye, la famosa Faye, che una notte ha drogato Todd e gli ha rubato i soldi dal portafoglio come una comune ladra. Si chiedono perché non l'abbia fatta sbattere in galera. Forse mi aspettavo che volessi lottare un po' di più per le donne come noi, che vengono usate e messe da parte...".

"Ehi, ti fermo subito", disse Diana. "Le donne come noi? Mi dispiace, non ho intenzione di scherzare con un uomo sposato, soprattutto non con uno con una reputazione come Todd Friessen. Sei entrata in questa storia con ingenuità, ma evidentemente l'hai capito e sai che non è una brava persona. Non paragonarmi a te o a mia madre. Mi meritavo quello che mi è successo? Ero solo una bambina, Bonnie. Non ero l'amante di un uomo." Diana rimise il blocco di fogli nella valigetta, insieme alla borsa, e si avviò verso la porta.

"Aspetta, non andare", disse Bonnie. "Per favore, Diana, pensavo che tu fossi l'unica persona che avrebbe capito cosa significa essere maltrattati da un Friessen. Non va bene quello che stanno facendo. "

Diana fece una pausa mentre apriva la porta, cogliendo il panico degli occhi spalancati della donna, la sua disperazione. "Hai ragione. Non è così, Bonnie. Non va bene. Ma sembra che tu non abbia capito chi sono. Non sono come te e non sono mia madre. Per favore, non confondermi con lei. Il mio consiglio? Todd ti ha fatto un favore. Forse ora non te ne accorgi, ma allontanarti da lui è una benedizione. Riconosco però che stai affogando e che ti aggrapperesti a qualsiasi cosa pur di non affondare, anche a spese degli altri. Io credo nel bene e nel male, nella correttezza e nell'onestà. Se cambi idea e vuoi che veda se posso farti ottenere un accordo, sai dove chiamarmi".

Lasciò che il suo sguardo si soffermasse su una donna che le ricordava sua madre, con la sua visione a tunnel su Todd. Poi, uscì di casa senza dire altro, si diresse verso il suo SUV, aprì la portiera e si mise al volante.

Cosa c'era in Todd Friessen che attirava le donne in massa? Si ricordò della notte in cui erano partite e tornò a fissare il bungalow, vedendo Bonnie alla finestra, che la osservava. Sua madre aveva davvero drogato Todd? Diana si chiese per un attimo se, forse, non fosse il caso di ascoltare il suo stesso consiglio. Poi scosse la testa.

"Questo è diverso. Questo è per Louisa", disse alla sua immagine nello specchietto retrovisore.

Ma non riusciva a liberarsi dalla sensazione di affondare, mentre si allontanava dal marciapiede e tornava sull'autostrada, in direzione del ranch di Jed, consapevole del suo serbatoio quasi vuoto, e che forse, sotto le rocce che era decisa a rovesciare, ci sarebbero stati dei segreti che la gente di North Lakewood non voleva venissero scoperti, e a quel punto, non sarebbe stato più possibile tornare indietro.

# CAPITOLO
## *Quattordici*

Jed alzò lo sguardo mentre finiva di scavare per estrarre un palo marcio sull'altro lato del fienile. Vide la polvere del SUV di Diana prima ancora di sentirla arrivare. Si accorse di lei, eppure c'erano tante cose di lei che non capiva. Perché era tornata in un luogo dove era accaduto qualcosa di orribile? Non avrebbe mai dimenticato il suo volto, il suo dolore per la sorellina che aveva perso, per mano del destino.

Poi c'erano suo zio, Todd, e suo cugino, Andy, e il loro ruolo in quello spettacolo di merda.

Aspettò che lei parcheggiasse e si passò il dorso della mano sulla fronte, asciugandosi il sudore, sentendosi appiccicoso. Diana scese dal SUV, vestita in modo semplice e casual con scarpe basse e pantaloni scuri, che non nascondevano la sua bellezza.

"Allora, com'è andata?", chiese, domandandosi ancora perché avesse insistito per organizzare una lezione.

"Illuminante, ma una perdita di tempo", disse Diana. "È una delle amanti di Todd Friessen, che ha chiuso con lei e l'ha messa da parte. Non ha una gamba su cui reggersi. Sembra che volesse usare quello che è successo a mia madre a suo vantaggio. Non sono una bugiarda o un'imbrogliona, e sono un po' arrabbiata perché ha pensato che lo fossi. Allo stesso tempo, sì, è stata fregata. Non capisco perché così tante donne cedano il loro potere a un uomo e credano che tutto andrà bene. Sta soffrendo; lo capisco, davvero, più di chiunque altro, ma non mi piace che la gente pensi che io sia come Faye. Sono cresciuta in mezzo a quella merda, senza sapere chi ci sarebbe stato in casa quando mi alzavo la mattina o se potevo andare a scuola e lasciare la mia sorellina con una donna svenuta e ubriaca. "

Jed appoggiò la pala contro il fienile. Nella profondità degli occhi azzurri di Diana c'era la sua vulnerabilità, appena accennata. "Quindi mio zio è di nuovo all'opera, vero? Che cosa è successo?". Si tolse i guanti di pelle e li posò sul palo della ringhiera vicino al fienile. Todd non era mai stato un uomo di virtù e Jed non aveva mai capito perché fosse rimasto sposato con una donna che non amava. Tutto in Todd era disordinato, anche se sembrava il contrario.

"Sono sicura che hai sentito parlare dell'amante di Todd e del negozio di caramelle", disse. "Sono stata in città solo cinque minuti prima che la signora dell'ufficio postale mi informasse. A quanto pare, è lei che sta per essere mandata via". "

Jed si limitò a scuotere la testa. Non era mai stato uno che badava ai pettegolezzi, ma era consapevole di chi fosse Todd e di cosa facesse con la sua ricchezza e la sua posizione. Anche Andy sembrava controllare una buona fetta di quella parte dello Stato. "Sì, ho sentito parlare di lei. Quindi è lei? Beh, se vuoi la pace, Diana, accettare un caso del genere non te la darà. Saggia scelta, quella di andartene".

Non sapeva bene cosa pensare del modo in cui lei lo guardava ora.

"Davvero?", disse lei. "Andarmene a causa delle bravate di Andy e Todd non è quello che ho fatto. Anzi, mi sono offerta di trovare un accordo. È nel torto, ma le ho solo fatto notare che la legge non è dalla sua parte e che deve lavorare con quello che ha. Non ha voluto sentirselo dire. Non fraintendermi, non ho intenzione di dare il benservito a questi due predatori. "

Sentì il morso delle sue parole, la rabbia.

"Mi rendo conto che sono la tua famiglia", continuò.

"Non mettermi nel loro campo, Diana", disse. "Ho occhi e posso vedere, e non giustifico nulla di ciò che hanno fatto per ferire le persone. Ma allo stesso tempo, due torti non fanno una ragione".

La passione trasudava da quella donna, e forse era per questo che si sentiva così maledettamente inquieto quando la frequentava. Era ancora aggrappata a qualcosa, incazzata, arrabbiata, ed emise un sospiro di frustrazione.

"Devo fare benzina", disse. "Sono quasi a zero e sono appena tornata indietro, ma devo andare a Marysville a fare il pieno. Non è che hai una tanica di benzina piena da queste parti? Non credo di averne abbastanza nel serbatoio per arrivare fino a lì".

Si ritrovò a guardare il SUV di lei, sapendo che la sua tanica di benzina era piena solo a metà. "Certo, ma perché andare fino a lì?", disse. "Fai il pieno a North Lakewood. È più vicino". E perché non l'aveva fatto prima di tornare indietro? A volte le donne non hanno senso.

Fece una smorfia. "Beh, il fatto è questo", disse. "Prima mi sono fermata a fare benzina, ma mi è stata negata".

Jed la fissò.

I suoi occhi blu lampeggiarono di fuoco. "Già. A quanto pare, oltre il signor Harris si è sparsa la voce che la figlia di Faye Claremont è tornata in città. Tutti quelli che hanno avuto problemi con mia madre si sono premurati di dirmi che le loro porte sono chiuse per me, compreso il gestore della stazione di servizio. Non ho idea di cosa abbia fatto Faye, di cosa gli abbia portato via, ma mi ha chiesto se avessi intenzione di ripagarlo". Sollevò le mani. Jed si chiese che parte avesse suo cugino in tutto quello.

"Dammi le chiavi", disse, e tese la mano.

Diana sembrò spaventata. I suoi occhi blu si allargarono e fece un passo indietro. "Cosa? Perché?"

"Perché ho chiuso con questa merda", disse lui. Lei gli consegnò le chiavi, lui fece un gesto verso il SUV e disse: "Sali".

Quando Diana si infilò nel lato del passeggero, lui aveva già acceso il motore e stava ammirando i comodi sedili in pelle. Disse: "Sembra che ci sia abbastanza benzina per farcela, ma a malapena". Poi chiuse la portiera e mise la marcia prima di allacciarsi la cintura di sicurezza, sentendo quanto fosse morbido il SUV rispetto al suo pick-up.

"Jed, cosa stai facendo? Non sei tu che un minuto fa hai detto che dovrei evitare il confronto? "

Jed si accostò all'autostrada, dando davvero gas, osservando l'indicatore, dove la spia non si era ancora accesa. "C'è un limite, Diana. Il fatto che ti venga negato il carburante o il servizio lo supera. Non sei tua madre. Questa storia sta diventando davvero vecchia". Non sapeva cosa pensare del modo in cui lei lo guardava o di quanto fosse diventata silenziosa.

"Quindi stai combattendo le mie battaglie?", disse, voltandosi per guardare dritto davanti a sé. Cosa la spingeva a rimanere, e perché suo cugino era così dannatamente concentrato a mandarla via da lì?

"No. Ti sto difendendo da qualcuno che dovrebbe saperlo bene che non ci si comporta in questo modo. "

Lei non sorrideva, guardava fuori dal finestrino laterale ma non diceva nulla. Individuò la periferia della città, il distributore di benzina poco più avanti. La spia della benzina si accese e lui non poté fare a meno di pensare: e se fosse rimasta senza benzina sul ciglio della strada, una donna sola? Molte cose sarebbero potute andare storte.

Si accostò alla pompa proprio mentre la porta si apriva e Rex, il familiare scimmione grasso, era già a metà strada verso il SUV quando Jed scese.

L'uomo sembrò esitare a metà. "Jed. Ehm...?"

Jed sentì la porta del passeggero e capì che Diana era scesa.

"Cosa stai facendo con lei?" disse Rex.

Jed sollevò l'ugello e lo azionò mentre svitava il tappo della benzina, poi lo infilò. "Sto facendo il pieno al SUV di Diana. A quanto pare, le hai negato il permesso e non capisco perché tu abbia fatto una cosa del genere", disse. Non aveva mai avuto problemi con il proprietario della stazione di servizio.

"Jed, non la conosci", disse Rex. "Ti deruberà. Non c'eri quando viveva qui con sua madre. Quei Claremont sono un problema. La notte in cui li hanno mandati via è stato un bel giorno per questa comunità. Se non fosse stato per sua madre, il mio cuginetto non avrebbe avuto la vita distrutta, entrava e usciva dalla riabilitazione, si faceva di metanfetamina, a quanto ho sentito. È stata lei ad avviarlo su quella strada, lui e molti altri qui intorno."

"Tuo cugino ha fatto quella scelta, Rex. Lo sappiamo entrambi. Comprendi che Diana non è sua madre. Era solo una bambina. Nessuno ha aiutato lei o la sua sorellina. Sua madre può essere stata un problema, ma stai attento a non diventare lo stesso per Diana. Ricordo quello che hai detto di tuo cugino, di come un giorno ha preso tutti i soldi dalla tua cassa, ripulendola. Ti chiedi a quante altre persone l'abbia fatto. Se vuoi dare la colpa a sua madre, va bene. Ma chiediti quante altre vite tuo cugino ha stravolto."

L'imbarazzo rimase per un attimo, prima che Rex dicesse: "Bene, fai il pieno. Oggi la benzina la offro io". Si allontanò.

"No, Diana pagherà la benzina", disse Jed. "Quel che è giusto è giusto, e quando verrà a fare di nuovo il pieno alla sua auto, ti comporterai decentemente, perché non credo che tu voglia iniziare qualcosa con me".

L'ugello scattò. Gli occhi azzurri di Diana erano spalancati, la sua espressione spaventata, mentre lui estraeva l'ugello e riavvitava il tappo della benzina.

"Mi stai minacciando, Jed?".

"Rex, se ti stessi minacciando, lo sapresti. Diana, vai a pagare la benzina".

Rex alzò una mano in aria. "I suoi soldi non servono qui. Te l'ho detto...".

"E ti ho detto che pagherà la benzina e tu le darai una dannata ricevuta. Perché una cosa che non succederà è una visita dello sceriffo per causare a Diana altri problemi con le accuse di non aver pagato o di essere una ladra, cosa che non è. "

Diana tornò di corsa al SUV e prese il portafoglio; Rex la seguì all'interno della stazione di servizio, scuotendo la testa. Jed la guardò mentre pagava la benzina e si prese tutto il tempo necessario per lavare i vetri. Quando lei tornò fuori, lui si mise al volante e avviò il veicolo e, dopo che lei fu salita, inserì la marcia e uscì. Ma invece di tornare a casa, girò nella direzione opposta.

"Jed, dove stiamo andando?".

Le lanciò un'occhiata e il modo in cui i suoi occhi blu indugiavano su di lui, con una tale profondità, gli fece venire voglia di saperne di più su di lei. "A porre fine a questo schifo. Prima la spesa, poi la benzina? No, ne ho abbastanza. Intendo porre fine a tutto questo, e l'unico modo per farlo è andare dritto dai responsabili".

Non aveva mai avuto problemi con il cugino, ma qualcosa in tutto questo gli diceva che c'era lo zampino di Andy.

# CAPITOLO
# Quindici

Il caldo rendeva più pungente il forte odore del bestiame. In lontananza, nuvole scure cominciavano ad addensarsi. L'odore della pioggia l'aveva sempre tranquillizzata, ma Diana non sapeva cosa pensare del fatto che Jed la portasse dritta nella tana dei leoni, lungo un enorme vialetto asfaltato, attraverso i cancelli aperti di un'enorme tenuta. La casa era una di quelle che aveva visto solo poche volte dalla foresta, in lontananza, ma poteva giurare fosse più grande di quanto avesse mai immaginato.

Jed si fermò alla base delle magnifiche scale di pietra, le più splendide che avesse mai visto, spense il SUV e scese senza dire una parola. Diana si rese conto che lui probabilmente l'avrebbe lasciata lì fuori, e lei non poteva permetterlo, così scese, sentendo un tuono in lontananza. Jed fece i gradini di pietra due alla volta, poi aprì la porta d'ingresso ed entrò.

"Che diavolo ci fai qui? "

Diana aveva fatto solo un passo quando sentì la sua voce. Si voltò e vide Andy, con un cappello da cowboy nero e jeans blu, con gli occhi blu gelido pieni di rabbia verso di lei. Il modo in cui camminava nella sua direzione, invadendo il suo spazio, probabilmente le sarebbe passato sopra se avesse potuto. Lei combatté l'impulso di indietreggiare. Jed si era chiuso la porta alle spalle e lei era rimasta fuori, da sola con Andy.

"Non ne sono sicura", disse. "Tuo cugino è dentro. Mi hanno negato la benzina e l'ho detto a Jed, che è piuttosto arrabbiato. Immagino che stia parlando con Todd e che forse stia cercando anche te". Incrociò le braccia sul petto, ricordando come i suoi occhi si fossero soffermati su di lei nel modo più inappropriato. Andy trascinò quel suo sguardo sagace verso la porta d'ingresso.

"Una cosa che Faye sapeva fare bene era convincere gli uomini a fare il lavoro sporco per lei", disse con disprezzo. "Aveva un modo tutto suo, sai, una bugia accuratamente piazzata, una storia strappalacrime, e quando queste non funzionavano, usava il suo corpo. È questo il piano, Diana? Perché ci siamo già passati con tua madre, con tutti i suoi giochi e le vite che ha stravolto. Lo stai facendo con mio cugino per metterlo contro la sua famiglia? Stai usando il tuo corpo, proprio come tua madre? "

Sentì lo schiaffo e dovette ricordarsi di non mordere a sua volta. Andy aveva fatto un ottimo lavoro nel metterla a soqquadro, un degno avversario in una lotta. "Che importanza ha quello che dico, Andy? Sembra che tu mi abbia già dipinta con lo stesso pennello di mia madre".

La sua fronte si aggrottò e lui la guardò intensamente, poi annuì dolcemente. "Te lo ripeto: se fai del male a mio cugino, ti seppellisco".

Diana sollevò il mento, sentendo il familiare disagio che si agitava dentro di lei.

"Ti pagherò per andartene", disse infine Andy. "Centomila dollari. Sali sul tuo SUV, vattene e non tornare mai più". "

Lei capì che era serio. "Quando me ne andrò, non sarà perché mi hai costretto tu. Per la cronaca, non puoi comprarmi e non accetterei un centesimo da te. Continui a dire che sono come mia madre, ma credo che tu stia cercando di alleggerirti la coscienza dopo quello che hai fatto a me e a mia sorella. Non so cosa abbia fatto mia madre a tuo padre, ma lascia che ti dica com'è stata la mia vita, di quella patetica bambina che hai terrorizzato. Avresti potuto aiutarci, ma ci hai voltato le spalle, stando al fianco di un uomo che usa le donne, che è spregevole. Tutte le notti in cui mia madre beveva, faceva festa, tutti gli uomini che portava a casa, tuo padre era lì, il più delle volte. Mi svegliavo ogni mattina e dovevo ripulire le bottiglie vuote, i posacenere e le sigarette, le droghe, le pillole e tutto l'armamentario, senza mai sapere chi sarebbe stato svenuto nudo sul divano, chiedendomi se la scatola di cereali, l'unico cibo nella credenza, sarebbe stata ancora lì, o se ce ne sarebbe stato abbastanza per me e mia sorella da mangiare. E poi, tutto sarebbe ricominciato, ogni sera. Questo era ciò che dovevo affrontare e tuo padre lo sapeva. Ero una bambina, Andy! "

Studiò il suo volto, vedendo confusione e qualcos'altro, qualcosa che tradiva il duro carattere dell'uomo che influenzava quella contea e la sua gente.

"Non vado da nessuna parte", affermò ancora decisa Diana.

"Mi dispiace per quella bambina, ma non saresti

dovuta tornare", replicò lui. "Fai bene la parte dell'innocente, ma questo è stato un errore. Sì, il nostro litigio era con tua madre e non con te, ma sei tornata in un posto dove non sei desiderata. Nessuno lo farebbe a meno che non stesse pianificando qualcosa, una vendetta, un guaio. Sembra che tu abbia dimenticato che so come funziona. Ci sono molti altri posti dove puoi andare, ma non resterai qui, Diana. In un modo o nell'altro, farò in modo che tu te ne vada. "

Sentì la prima goccia di pioggia bagnarla, poi un'altra. Guardò l'uomo di cui era stata innamorata da bambina e capì che pensava davvero ogni parola che diceva. La pioggia cadeva più forte e lei si avvicinò alla portiera dell'auto per aprirla, ma la mano di lui era lì, a fermarla di nuovo.

"Sei una donna desiderabile, Diana, sexy, forte, tutto il pacchetto, ma in un modo o nell'altro te ne andrai, perché qualsiasi minaccia contro la mia famiglia non sarà accettata e a nessuno del genere sarà mai permesso di restare". Si avvicinò a lei, con tutta la sua durezza, il suo respiro caldo sull'orecchio. Lei dovette chiudere gli occhi mentre lui le passava la mano sul seno e poi giù.

Lei lo spinse indietro con forza. "Non toccarmi mai più in questo modo!",gridò, aprendo la porta dell'auto con uno strattone. Salì e la richiuse dietro di sé, sentendo ancora il punto in cui lui l'aveva toccata, come se avesse pensato di averne il diritto.

Andy si stava allontanando, salendo i gradini verso la porta d'ingresso, che si aprì proprio mentre Jed usciva. Lei non sapeva cosa fosse successo tra loro prima che Jed corresse giù per i gradini. La pioggia scendeva a secchiate, lui aprì di scatto la portiera del guidatore e salì con l'acqua che gli colava dal logoro cappello da cowboy. Diana prese la cintura di sicurezza e la tirò.

"Ti ha detto qualcosa?" chiese Jed mentre avviava il SUV e azionava i tergicristalli.

Diana osservò la porta ormai chiusa. "Mi ha messa in guardia, ha cercato di pagarmi perché me ne andassi. Pensa che ti stia usando per arrivare a lui". Emise un respiro tremante, sentendo il bruciore negli occhi e dovette voltarsi, sbattendo forte le palpebre per evitare il dolore. Quando Jed le passò la mano sul braccio, lei si girò verso di lui, incerta su cosa stesse pensando.

"Allora, cosa è successo lì dentro?". Fece un cenno alla massiccia tenuta, che probabilmente aveva un esercito di servitori.

"Magari ho solo sprecato il fiato, ma ho detto la mia". Mentre tornavano verso l'autostrada, Diana riuscì a pensare solo che ora si trovava in una famiglia in cui un cugino era buono e l'altro, invece, deciso a distruggerla.

# CAPITOLO
## Sedici

Qualcosa nelle prime ore prima del sorgere del sole dava a Jed tanta lucidità. A dire il vero, stava pensando alla cabina fatiscente in cui dormiva una donna di nome Diana Fulton. Sapeva, senza nemmeno guardare il calendario, che se ne sarebbe andata tra due giorni. Avrebbe dovuto rallegrarsene, visto il caos che aveva seguito il suo arrivo, sconvolgendo tutto ciò che riguardava la sua tranquilla e solitaria esistenza. Ma molte cose della sua storia, cose in cui suo cugino e suo zio avevano messo lo zampino, lo disturbavano.

Il giorno prima, Todd lo aveva accolto perché era il figlio di suo fratello, ma Jed non credeva che avrebbe mai dimenticato lo sguardo pesante dello zio, che gli ricordava un serpente arrotolato, pronto a colpire.

Jed gli aveva detto di farsi da parte e di lasciare in pace Diana.

Todd aveva solo sorriso e detto: "Stai attento, Jed, ragazzo mio. La mela non cade lontano dall'albero. Ti ha ingannato e presto arriverà il giorno in cui ti trascinerà con sé. Il tuo posto, quello che stai costruendo laggiù dalle fondamenta, potrebbe sparire così, in un batter d'occhio". Todd aveva schioccato le dita.

Jed si rese conto di non aver mai capito perché Todd fosse così. Sapeva che Diana non avesse idea del pericolo che correva. Fissò fuori dalla finestra, ancora nell'ombra, e finì il caffè prima di infilarsi il cappotto, aprire la porta e scendere nella terra battuta, sguazzando subito in una pozzanghera.

Aspettò un rumore che non arrivò.

"Ehi, dove siete?", chiamò. Era ancora buio, ma i suoi cavalli lo salutavano sempre.

La luce della luna calante prima che il sole toccasse l'orizzonte illuminava il cancello del recinto, che era aperto. Lo sguardo andò subito al SUV parcheggiato di Diana, poi alla cabina buia, dove lei stava ancora dormendo. Stava già camminando verso di lei, sentendo il vento di un altro giorno. La pioggia sarebbe arrivata presto.

Strinse la mano e batté sulla porta della cabina. "Diana! "

Lei aprì la porta poco dopo, con i capelli rossi in disordine, indossando solo una maglietta lunga sopra le gambe snelle. "Cosa c'è?"

"Eri nel recinto ieri sera, con i cavalli?". Sapeva di averlo chiesto in modo piuttosto brusco, ma aveva detto più di una volta che il cancello non doveva mai essere lasciato aperto.

"No", replicò lei. "Ho fatto la doccia e ho lavorato un po' sul mio portatile. Mi sono addormentata poco dopo. Perché, cosa c'è che non va?".

Qualcosa di ciò che aveva detto lo zio gli tornò in mente in quel momento. Questo posto significava tutto per Jed, un posto che aveva comprato con i suoi soldi. Tutto quello che c'era, l'aveva creato con le sue mani.

"Il cancello è aperto e i cavalli se ne sono andati", disse. "Vestiti. Ho bisogno del tuo aiuto".

La sua espressione era stupita e annuì. "Sì, certo". Chiuse la porta della cabina e Jed iniziò a camminare verso il recinto. Che suo zio avesse ragione?

Entrò nel fienile e accese la luce esterna, che illuminava il recinto, proprio mentre sentiva Diana camminare verso di lui. Indossava jeans blu, scarpe da trekking e un maglione marrone chiaro. Jed osservò il terreno fangoso, le impronte dei suoi cavalli e quelle umane che però, non erano sue.

"Hai lasciato i cavalli fuori ieri sera?", disse lei. Lei era proprio lì e lui si accovacciò, vedendo quanto fossero piccoli i suoi piedi rispetto alle grandi impronte degli stivali.

"Sto rifacendo il tetto sopra le stalle", disse. "L'intera stalla ha bisogno di essere riparata. Non è la prima volta che restano fuori. Vedi queste impronte di stivali? Direi che sono di un uomo grande e grosso, un paio di piedi diversi dai miei e dai tuoi. Hai sentito qualcuno qui fuori ieri sera?". Le lanciò un'occhiata.

Lei si accigliò, fissando le impronte nel fango, e scosse la testa. "No, ma casa tua è più vicina. Anche tu non hai sentito nulla?".

Cosa avrebbe dovuto dire, che a volte dormiva come un morto? Non aveva sentito nulla. "Merda", esclamò. Qualcuno lo stava prendendo in giro, e lui aveva lasciato che suo zio gli confondesse le idee su Diana. Non era stata lei a fare questo. Non era possibile che l'avesse fatto. "No, non ho sentito nulla, nemmeno i cavalli".

Si avvicinò al vialetto e lui non capì cosa stesse guardando. "Chi farebbe una cosa del genere, Jed? Immagino che tu non abbia avuto problemi qui fino al mio arrivo? "

Lei non si voltò verso di lui, ma lui lo sentì nella sua voce e si vergognò di ammettere che aveva pensato che potesse essere stata lei. A meno che non si stesse ancora prendendo gioco di lui. Dannazione, dovette distogliere lo sguardo, furioso per il fatto che le parole dello zio gli fossero rimaste in testa, riempiendolo di dubbi su Diana. *Non è sua madre.*

"No, non è mai successo nulla prima e questo mi fa pensare a troppe cose. Ora devo trovare i miei cavalli", disse.

Diana stava lì, guardando nella penombra. Un accenno di luce sfiorava appena l'orizzonte, lei aveva i capelli tirati indietro, il viso pallido e splendido. Si rese conto di non essersi mai sentito così protettivo nei confronti di nessuno.

"Non sono stata io, Jed", disse. "Non farei mai una cosa del genere, non a te. Ma ho la sensazione che verrà fatto passare come se tutto questo sia colpa mia. Sai, ho scoperto qualcosa su mia madre. Non so se sia vero. Quando sono andata da Bonnie, ha detto che mia madre ha drogato Todd, dandogli qualcosa. Non so quale fosse il risultato che si aspettava, ma mi chiedo se sia stato questo il motivo per cui Andy arrivò così arrabbiato con noi. Che abbia cercato di ucciderlo? Io e la mia sorellina Louisa eravamo effetti collaterali, solo perché eravamo sue figlie."

Jed lasciò che il suo sguardo indugiasse sulla donna e non aveva la minima idea di cosa rispondere. "Diana, tu non sei tua madre. Se è stata lei a farlo, deve pagarne lei le conseguenze, non tu. Capisco che la cosa ti stia dando fastidio, che tu te ne faccia carico e lasci che ti incasini la testa, ma so che non sei stata tu a fare questo, a far scappare i miei cavalli. Credo però che tu abbia ragione a pensare che qualcuno voglia far credere sia stata tu. Mi chiedo se hai pensato a quello che ti aspettava, tornando qui".

Lei si limitò a scrollare le spalle, poi sollevò le mani in aria impotente. "No, non mi aspettavo nulla di tutto questo. È come se il destino avesse cambiato il mio piano. Onestamente, Jed, mi sono laureata in legge perché non capivo come mai i Friessen avessero più diritti di noi per via di quanti soldi e potere avessero. Questo mi ha spinta a intraprendere questa strada, e forse sono tornata per mettere le cose in chiaro o per ottenere un qualche tipo di giustizia. Avevo un piano?". Di nuovo, scosse la testa e sollevò le mani, poi emise un pesante sospiro di frustrazione. "Non pensavo che sarebbe stato così difficile, ma non avrei mai messo qualcuno di innocente sulla linea del fuoco. Non mi sarei mai aspettata di incontrarti, Jed. Dannazione, non mi sarei mai aspettata di arrivare qui! Non sono tornata qui per trovare l'amore...". Lei smise di parlare e lui percepì il suo imbarazzo nel rendersi conto di ciò che aveva detto. "Credo di sapere chi sia stato: Andy", disse lei, leccandosi le labbra, cercando di cambiare argomento.

L'odio tra suo cugino e Diana sarebbe sempre rimasto? Jed si ritrovò a scuotere la testa. "Andy fa un sacco di cose sbagliate quando cerca di coprire suo padre, ma qui? C'è scritto Todd sopra".

Lei si bloccò, con le sopracciglia aggrottate. Quando lui iniziò a camminare verso la casa, lei chiese: "Dove stai andando?".

Si voltò verso di lei. "A prendere le mie chiavi", disse. *E a fare un'altra visita a mio zio e a Andy,* pensò.

# CAPITOLO
# Diciassette

Il sole era completamente sorto e Jed non era ancora tornato. Diana era alla sua seconda tazza di caffè, in piedi nella sua cucina e fissava il cancello aperto del recinto, chiedendosi perché i guai fossero sempre in agguato nell'ombra, pronti per lei. Peggio ancora, ora sembrava che li avesse portati proprio sulla soglia di casa di Jed. Chiuse gli occhi, cercando di lottare contro il dolore. Tante linee si erano confuse e tutto questo perché non si aspettava di provare così tanto sentimento per Jed Friessen.

Quando il suo cellulare squillò, il suo cuore ebbe un sussulto. Sperava che fosse Jed. "Pronto? Sono Diana".

"Diana, sono Bonnie". Sembrava che stesse piangendo. "So che probabilmente sono l'ultima persona che vorresti sentire, ma mi dispiace per quello che ho detto. Avevi ragione su tutto. Ho avuto tempo per pensare e vorrei andarmene, se mi aiuti, se sei ancora disposta a vedere se Andy accetterà di pagare qualcosa in un accordo. Poi, andrò avanti".

Lo stomaco le si annodò: delusione? "Certo, lo

farò. Fammi provare a parlare con Andy", disse. Sapeva che doveva essere successo qualcosa, visto che Bonnie stava annaspando e piangendo all'altro capo del telefono, ma non era disposta a spingersi oltre nella tana del coniglio di Todd e Bonnie, per chiedere che cosa fosse successo.

"Grazie, Diana. Mi dispiace davvero per quello che ho detto prima. Non volevo sembrarti ingrata e so che stavi solo cercando di aiutarmi. Credo che non volessi che finisse così, che la nostra storia diventasse solo un'altra tacca sulla testiera del letto di Todd Friessen, per così dire". Si soffiò il naso.

"Capisco più di quanto pensi", disse Diana, "ma a volte è la nostra testa a metterci nei guai perché ci rifiutiamo di vedere i segnali che abbiamo davanti. Questo è ciò che fa Todd, quindi sii più intelligente, vai avanti e impara da questo".

Bonnie tirò nuovamente su con il naso. "Grazie, Diana. E per la cronaca, so che quello che ha fatto tua madre è stato molto grave, ma anche ciò che ha fatto Andy non è stato giusto. Ci sono anche altre persone qui intorno che credono che non fosse giusto, ma non lo ammetteranno mai. La maggior parte delle persone non si batterebbe mai per ciò che è giusto. Non vogliono mai smuovere le cose perché vogliono solo essere lasciati in pace, lavorare, comprare una casa, avere una famiglia, andare in vacanza. Non vogliono essere coinvolti in nulla che possa turbare la loro normalità quotidiana. Ho scoperto che a nessuno piace prendere posizione a favore dei perdenti. La maggior parte della gente qui vuole solo che tu te ne vada e li lasci a condurre tranquillamente la loro vita".

Diana sapeva che era vero, ma non era fatta così.

"Di nuovo, fammi parlare con Andy, poi discuteremo sulle varie opzioni. Quando pensi di partire?".

Bonnie sospirò. "Stasera. Andy era qui, poco prima che ti chiamassi, tutto arrabbiato...". La sua voce si bloccò e lei mugolò. "Ieri sera ho chiamato a casa sua per cercare di far ragionare Todd, ma non gli ho mai potuto parlare. A quanto pare, chiamare a casa sua era l'unica cosa che non avrei mai dovuto fare".

Diana trasalì, comprendendo ciò che Bonnie aveva fatto, probabilmente in preda alla disperazione. Era sconvolta perché aveva capito di aver perso. "Non preoccuparti, Bonnie. Tornerò da te prima della fine della giornata. Parlerò con Andy, ma nel frattempo, fai le valigie".

Riattaccò e si avviò verso la cabina semplice e squadrata che era stata casa sua negli ultimi giorni, dove si mise il tailleur scuro e le scarpe basse e si truccò leggermente, solo con cipria e fard, per non apparire trasandata e pallida. Poi si spazzolò i capelli lunghi e aggrovigliati e li legò in una coda di cavallo.

Si affrettò verso il suo veicolo, schivando una grossa pozzanghera e il fango della pioggia. Si fermò e guardò il posto vuoto dove avrebbe dovuto esserci il furgone di Jed e desiderò che lui fosse lì solo per potergli parlare, per vedere il suo sorriso e quel dannato cappello da cowboy logoro, o semplicemente per sapere che stesse bene. Non aveva idea se avesse o meno un cellulare, così aprì la porta sul retro, prese la valigetta sul pavimento e tirò fuori un blocco di carta e una penna per scarabocchiare un biglietto per lui.

*Ha chiamato Bonnie. Ha deciso di seguire il mio consiglio. Incontrerò Andy e troverò una soluzione per lei. Grazie per avermi creduto. Spero che tu abbia trovato i cavalli.*

Esitò solo un secondo prima di scarabocchiare il suo nome e piegare il biglietto, poi andò verso la porta d'ingresso chiusa e lo infilò nell'incastro in modo che lui lo potesse vedere una volta rientrato.

Si infilò dalla parte del volante e se ne andò, decisa a ottenere almeno qualcosa per una donna che era stata così stupida da essere coinvolta con uno come Todd Friessen.

---

Il vento si era alzato e dense nuvole scure si stavano addensando sopra la sua testa, mentre Diana si avvicinava alla tenuta, percorrendo il lungo vialetto grigio ardesia e attraversando i pesanti cancelli di ferro fino alla porta d'ingresso. Il fatto di arrivare in macchina era inquietante. Si sentiva fuori dal suo elemento.

Parcheggiò accanto a quello che sapeva essere il furgone di Andy. Almeno lui era in casa, il che avrebbe dovuto alleviare le sue preoccupazioni di chi avrebbe chiesto di vedere, una volta presentatasi alla porta. Lasciò la borsa in auto, ma infilò il cellulare in tasca, poi prese la valigetta e salì su per gli ampi gradini di pietra. Il vento le scompigliava le ciocche della coda di cavallo, mentre guardava le rose rosse che si affacciavano sulla parete nord della casa, chiedendosi come avesse fatto a non accorgersene il giorno prima. Erano centinaia di fiori profumati e stupefacenti.

Diana fece un respiro profondo e premette il campanello accanto a una porta di mogano lucido con un inserto di vetro colorato al centro. La porta da sola era un capolavoro. Sentì il rintocco all'interno e il suo cuore ebbe un sussulto prima che venisse aperta pochi secondi dopo, non da un domestico ma da Andy in persona. Dovette guardare in alto. Era così dannatamente alto, proprio come Jed. Andy sembrava trasudare un fuoco che la inquietava. Dovette ricordarsi di non rannicchiarsi.

"Diana, cosa vuoi?"

Fu così brusco e lei colse una certa crudeltà nel suo modo di parlare. Si chiese se ci fosse sempre stata.

"Sono qui come avvocato che rappresenta Bonnie Hays. Ho saputo che stamattina le hai fatto visita e le hai dato quel tuo famoso ultimatum. Che cos'è, fare le valigie e andarsene entro sera?". Accidenti, era orgogliosa di quanto sembrasse forte, anche se dentro di sé tremava.

"Quindi la puttana di mio padre chiama la figlia della sua ex puttana per cosa, un'estorsione? È questo che è? Wow, questa giornata diventa sempre più bella". Lui inclinò la testa mentre lei sentiva un veicolo avvicinarsi, poi fece un cenno verso il vialetto e disse: "Hai trascinato anche mio cugino in questa storia?".

Diana girò la testa velocemente. Perché Andy la odiava così tanto? Sembrava che ci fosse uno schiaffo dopo l'altro in serbo per lei, ma vide Jed con quel dannato cappello da cowboy sgualcito e un lungo impermeabile, e le cose nella sua mente cambiarono. Jed si affrettò a salire i gradini e lei non sarebbe riuscita mai a spiegargli quanto gradita fosse la sua presenza.

"Ho ricevuto il tuo biglietto", disse. "Stai bene?"

Lei poté solo annuire. "Hai trovato i cavalli?".

Fece una smorfia e scosse la testa. "No", disse. I suoi cavalli non c'erano ancora, eppure lui si era presentato lì per lei. Si costrinse a voltarsi verso Andy.

"Non ho trascinato nessuno in niente", disse, affermandolo con decisione.

"Cosa sta succedendo qui, figliolo? "

Diana spostò lo sguardo da Andy a un distinto uomo brizzolato che era l'immagine di lui, solo trent'anni più vecchio. Indossava jeans, una camicia nera e aveva uno sguardo feroce e sagace che fece ingoiare a Diana il pesante groppo che le si era improvvisamente bloccato in gola. I ricordi di tanto tempo prima minacciavano di trasformarla in quella ragazzina spaventata mentre lui la fissava, duro e spietato. Todd era un uomo con cui non avrebbe mai voluto stare da sola, e non capiva perché le donne lo adorassero.

"Jed, hai portato questo rifiuto alla mia porta? ", chiese.

Sentì la mano di Jed sul braccio. "Attento, Todd", disse lui, e a lei non sfuggì l'avvertimento nella sua voce.

Uno strano sorriso si formò agli angoli delle labbra di Todd.

"Todd Friessen", disse Diana, "come stavo dicendo a Andy, sono un avvocato che rappresenta Bonnie Hays, la tua amante, quella con cui hai deciso di chiudere e che vuoi allontanare dalla città. Sono qui per trovare un accordo per lei, e poi se ne andrà pacificamente".

Era consapevole che Jed fosse in piedi accanto a lei, alle sue spalle. Dovette ricordare a se stessa che tutto questo era reale. La sua mano le toccò la schiena, come se sapesse a cosa stesse pensando.

“Un avvocato? Incredibile”, disse Todd.

Il vento si stava alzando e alla fine, Andy fece un passo indietro e fece cenno di entrare. "Entra e risolviamo la questione", disse.

Diana si rivolse a Jed, che fece un gesto e la seguì

all'interno, chiudendo poi la porta alle loro spalle. Osservò l'imponente scalinata, il pavimento piastrellato e quella che sembrava una biblioteca o un ufficio con camino, divano e bar. Camminava fianco a fianco con Jed e stringeva la maniglia della valigetta, cercando di ricordarsi di respirare.

"Credo che tu sia un po' fuori dal tuo elemento, signorina", le disse Todd. Andy era andato a posizionarsi davanti alla grande scrivania di mogano e si era portato le braccia al petto.

"Papà, basta così", disse piuttosto bruscamente. "Vuoi risolvere la questione? La casa non è sua. Il negozio non è suo. Le uniche cose che sono sue sono i vestiti che indossa. Lei se ne deve andare. Ora, su questo siamo d'accordo". Andy era molto diretto, brusco. Jed scosse la testa.

"Andy", disse Diana, "quando stasera ti presenterai con i tuoi cowboy per buttarla fuori, ti aspetterò con una troupe giornalistica e le telecamere. Ci assicureremo che il video diventi virale su Internet e venga trasmesso a tutte le emittenti dello Stato, mostrando dei teppisti grossi e potenti che buttano una donna in strada perché tuo padre ha l'amante numero... cinquanta, o è sessanta?".

Todd si mise a ridere da dove era appoggiato alla mensola del camino. "Nessuna emittente lo manderebbe in onda", disse. "Potresti anche avere una telecamera e qualche giornalista di bassa lega che vuole farsi un nome, ma ti garantisco che nessuna emittente lo manderebbe mai in onda. Dimenticate come si controlla l'informazione? Bel tentativo, comunque".

Lei sollevò il mento, sapendo che avesse ragione. "Non importa. Potrebbe essere una sola telecamera e il post diventerebbe comunque virale. Farà male, forse arriverà anche a tua moglie".

Lui le lanciò un'occhiataccia con quegli occhi scuri. Non era un uomo con cui poteva giocare. "Non ti conviene farlo, o ti ritroverai ferita in modi che non puoi immaginare".

"Non minacciare ancora Diana, Todd", disse Jed. "Ti ho già avvertito una volta".

Diana trascinò lo sguardo su di lui e poi di nuovo su Todd. "Todd, hai fatto del male a molte donne, ma forse devo raccontare solo una storia: la mia. Sai come hai usato mia madre? Era il tuo giocattolo. Dov'è nella tua lista, l'amante numero cinque o dieci? Non importa. Tu e tuo figlio avete gettato lei e le sue figlie nel cuore della notte fuori da casa loro, perché non ne potevi più di lei. Hai ignorato la situazione mia e di mia sorella e hai lasciato due bambini indifesi nelle grinfie di una puttana spacciatrice. Non è così che l'hai chiamata? Tra l'altro, è stata arrestata per spaccio e condannata a dieci anni di carcere proprio la sera in cui hai buttato via i suoi figli invece di aiutarli. Non credi che la gente si chiederà perché non tu non abbia chiamato le autorità per i suoi figli o perché uno di loro sia morto? Mia sorella, Louisa, aveva solo quattro anni ed è morta a causa di quella notte. Potrai anche dire che le tue mani sono pulite, ma c'è stato troppo dolore per lasciar perdere tutto un'altra volta."

"Sembra che tu mi stia minacciando, raccontando storie. Ti denuncerò per calunnia".

"Calunnie? Come il fatto che hai fatto del tuo meglio, sia tu che tuo figlio, per distruggere il mio nome, alludendo alla possibilità che io sia una puttana spacciatrice come mia madre?".

Ci fu silenzio. Todd non distolse lo sguardo da lei mentre diceva: "Cosa vuoi, Diana?".

"Voglio che tu smetta di fare il prepotente con le donne, di incasinare le loro vite, di metterle sottosopra". Si avvicinò a lui.

Todd si limitò a ridere.

La mano di Jed era di nuovo su di lei. "Diana...", disse, e a lei non sfuggì l'avvertimento.

Non poteva cambiare chi era Todd, ma scosse la testa e guardò verso Andy. "Allora, chi sarà la prossima vittima?".

Andy si passò una mano sul viso e scosse la testa. "Sei stata chiara, Diana. Cos'è che vuoi, esattamente?".

"No, *non* negozierai, non con lei!". Todd gridò al figlio.

Diana fece istintivamente un passo indietro, urtando Jed. La sua mano scivolò intorno a lei. Doveva ricordarsi di essere forte, ma qualcosa in Todd la terrorizzava davvero. Come poteva sua madre essere stata coinvolta con uno come lui? D'altra parte, non capiva nulla di sua madre, dato che Faye non aveva saputo esserlo, una madre.

Andy non disse nulla. Anzi, sembrava che stesse aspettando che Diana gli desse una risposta.

"Bonnie è pronta ad andarsene, ma ha bisogno di un mese per trovare un altro posto dove vivere e per organizzare il trasloco delle sue cose", affermò. "Ha bisogno di un equo risarcimento per la perdita del negozio e del reddito e per come tuo padre l'ha usata".

Andy ridacchiò, ma non era una risata piacevole. Distolse lo sguardo. "Dammi solo un cazzo di numero e smettila con i giochetti".

"Quarantamila e se ne va per sempre".

Andy scosse la testa, con le labbra che formavano una sottile linea bianca. "Venti, firma una dichiarazione di non divulgazione e se ne va entro sera".

"Trenta, accetta il tuo accordo di riservatezza e parte tra una settimana". Diana tremava dentro di sé, ma sperava di apparire fredda e sicura di sé.

"Andata", disse Andy di scatto, con le braccia tirate sul petto. Diana dovette ricordare a se stessa che non avevano ancora finito. Lui si avvicinò alla grande scrivania e lei si soffermò un attimo a vedere i tappeti rosso intenso, i dipinti a olio alle pareti. Tutto in questo posto costava più di quanto avrebbe mai visto in vita sua. Andy aveva aperto un cassetto e tirato fuori un libretto degli assegni, che gettò sulla scrivania prima di volgere lo sguardo verso di lei.

"Beh, questo è quello che hai chiesto", disse Jed a bassa voce. Lei lo guardò e annuì prima di fare un passo e un altro verso la scrivania.

Lo sguardo di Todd le bruciava dentro, ma lui poi si avvicinò al bar, stappò un decanter di liquido ambrato e ne versò tre dita in un bicchiere prima di gettarvi un cubetto di ghiaccio. "Hai più sentito tua madre?", le chiese e la guardò dritto negli occhi. Diana si chiese se quell'uomo provasse qualcosa per qualcuno.

"No. Non l'ho più vista dalla notte in cui ci hai costrette ad andarcene, quindici anni fa. Fu arrestata per aver venduto droga a un poliziotto sotto copertura".

Todd grugnì, poi si lasciò andare a una risata sguaiata dopo aver scolato il drink e averlo posato sul bancone. Lei non sapeva cosa stesse pensando di sua madre o di tutto questo. "Andy", disse, "assicurati che la faccenda sia conclusa oggi e che i nostri avvocati si assicurino che Miss Claremont si attenga a quanto concordato, senza fare scherzi".

"Sono la signorina Fulton", dichiarò Diana, in modo piuttosto brusco.

La strana espressione sul volto di Todd rimase per un secondo. Poi scosse la testa, si girò e se ne andò senza dire un'altra parola.

"Sai, cugino, questo tuo ruolo iperprotettivo è toccante, ma vedi calmarti", disse Andy. "Non le farò del male".

"Che diavolo stai facendo, Andy, pulisci dove passa tuo padre, i suoi casini? Da quanto tempo lo fai? A quante donne hai fatto questo?".

Non se lo aspettava da Jed, ma Andy non si tirò indietro. "Jed, ti prego", disse lei, vedendo che lui era a un passo dal fare qualcosa per lei, qualcosa che però avrebbe messo nei guai anche lui. "Jed", disse ancora, poi gli diede una gomitata. Lui abbassò lo sguardo su di lei e annuì.

"Diana, che tu ci creda o meno, non credo che tu meritassi quello che ti è successo da bambina", disse Andy. "Se potessi tornare indietro, chiamerei i servizi sociali e mi assicurerei che tu e tua sorella veniate portate via da Faye. Io non sono un mostro, ma tua madre lo era, e questa è la pura verità. Non era una brava persona".

Lei lo sapeva già, ma nemmeno Todd era una brava persona e nemmeno Andy aveva le mani pulite in tutto questo. Invece di continuare a parlare di Faye Claremont, Diana disse: "Beh, avanti, Andy. Firmiamo questo accordo e poi questo sarà un problema in meno di cui dovrai occuparti. Jed, non c'è bisogno che tu rimanga. Ricordi i cavalli? Devi trovarli. "

Andy non disse nulla. Osservò lei e Jed con uno sguardo strano e confuso. "Cos'è successo ai cavalli?".

Jed scosse la testa. "Qualcuno è arrivato nella notte e ha fatto uscire i miei cavalli. Dalle tracce che ho trovato, sembra che si tratti di un paio di uomini grossi, a cavallo a loro volta". La sua voce era un po' nervosa.

Diana non sapeva cosa pensare dell'espressione di Andy, preoccupata o altro.

Jed disse: "Non appena avrai finito con mio cugino, ce ne andremo".

Andy indicò con un gesto una sedia di fronte alla sua scrivania: "Bene, siediti. Come hai detto tu, firmiamo questo accordo".

# CAPITOLO
# *Diciotto*

Diana si trovava davanti alla piccola casa di Bonnie, con in mano l'accordo stampato e firmato che aveva elaborato con Andy. L'unico problema era che l'assegno firmato era sulla scrivania di Andy e sarebbe stato consegnato a Bonnie solo una volta che lei avesse firmato l'accordo. Jed aveva parcheggiato il suo camion dietro la sua auto. Il vento si era alzato, preannunciando un autunno freddo e piovoso. Erano finiti i giorni caldi dell'estate.

"Non dovevi seguirmi, Jed", disse. "I cavalli"..."

Lui si avvicinò a lei. Aveva bisogno di radersi ' c'era qualcosa di robusto in qu'll'uomo, che sembrava pronto a dirle che avrebbe combattuto ogni sua battaglia per lei. Nessun' l'aveva mai fatto prima. Forse era per questo che il petto le doleva così tant".

"Quando si ha a che fare con gente come Andy e Todd, credo di"sì", disse lui, e lei annu". "Hai bisogno che Bonnie firmi. Forz". "

Afferr' l'accordo e la penna e iniziò a salire i gradini, poi bussò alla porta e Bonnie la aprì, indossando un maglione blu, il suo sguardo andò dritto a Jed. Diana diss“: "Bonnie, ho ottenuto un accordo. Ho bisogno che tu lo firmi. Non appena lo farai, Andy ti consegner' l'asse"no". Pors' l'accordo a Bonnie, che sembrò stupita.

Lei lo prese e sollevò una pagin“. "Posso avere un minuto per leggerlo? Sei sicura che sia la cosa miglior“? "

Diana era ancora in piedi sulla soglia di casa e sentiv' l'indecisione' l'esitazione della donna, come se Bonnie potesse non firmar“.

"Bonnie, ve"o?" Jed intervenn“. "Todd non è interessato a te. Firma e la prossima settimana non si ricorderà più il tuo nome. Prendi i soldi e vattene. Inizia una nuova vita. Diana si è battuta per te, quindi non tirarla per le lunghe. Firma e ba"ta".

Bonnie fissò Jed con occhi spalancati. Diana le porse la penna e lei esitò solo un secondo prima di avvicinarsi a un tavolino 'll'interno e scarabocchiare il suo nome. Sfiorò la penna e la riprese in man“.

"È la cosa migliore, Bon"ie", disse Dian“. "Porterò questo a Andy e tornerò con il tuo assegno. Sarà sufficiente per farti iniziare da'un'altra parte. È una buona c"sa". Scese le scale con Je“.

"Forse per"te", esclamò Bonni“. "Ma Todd ' l'unico uomo che abbia mai am"to“. "

Diana si ritrovò a guardare indietro. Una lacrima scivolò lungo la guancia di Bonnie, che la donna asciugò con cura. Poi, chiuse la porta senza dire altro.

Diana si diresse verso il suo SUV. Il pick-up marrone arrugginito di Jed era parcheggiato dietro. "Jed, non devi farmi da babysitter. Apprezzo che tu sia venuto, ma sono un'adulta. So badare a me stessa e tu devi occuparti dei cavalli".

"Diana, non l'ho mai detto, ma appena i cavalli se ne sono andati, il mio primo pensiero è stato che fossi stata tu a farli scappare". Jed la guardò con tristezza mentre lo diceva e a Diana, sapere che avesse pensato a lei in quel modo, fece più male di qualsiasi altra cosa. "Forse non avrei dovuto dire nulla, ma ho capito che erano le parole che aveva detto mio zio ad avermi fatto pensare male di te: mi ha detto che i guai ti seguono, come se stesse cercando di mettermi in guardia. Ma se c'è una cosa che so fare bene, è leggere i cavalli e le persone. Mi vergogno di aver permesso a Todd di entrare nella mia testa. Quindi sì, dovevo esserci per te in questo momento, perché sei finita dritta nella tana dei leoni e, laurea in legge o meno, Diana, voglio che tu con me sia in una botte di ferro".

Non sapeva cosa dire. "Pensavi che ti avrei mai fatto una cosa del genere?", esclamò. "Io ti amo, Jed. Credo sia questa la differenza; non mi sarei mai aspettata di innamorarmi di te". Si costrinse a distogliere lo sguardo. "Vai a cercare i tuoi cavalli. Devo finire questa cosa da sola".

Non aspettò che lui dicesse qualcosa mentre scivolava al volante e metteva in moto il SUV, poi guardò Jed Friessen, un uomo per il quale non avrebbe mai pensato di provare così tanto, salire sul suo furgone, fare il giro e tornare indietro nella direzione opposta.

---

"L'HA FIRMATO, Andy. Rispetta la tua parte dell'accordo". Diana si trovava al centro della biblioteca dove era stata nemmeno un'ora prima. Aveva notato tanti altri dettagli raffinati della casa, i rivestimenti delle rifiniture, il camino in pietra con colori completamente equilibrati, le pietre che sembravano posizionate una per una, le sedie in pelle posizionate perfettamente e i libri da parete a parete perfettamente allineati. La stanza era calda, brillante con colori verde e oro, in netto contrasto con il tappeto rosso intenso.

"Vuoi bere qualcosa, Diana, un bicchiere di vino?". Andy se ne versò uno da un decanter di cristallo del bar. Quando erano entrati nella stanza, l'ultima cosa che si era aspettata era di condividere un drink con Andy o di avere un incontro civile a tu per tu.

"No, grazie. Non bevo".

Lui la fissò per un attimo con uno sguardo strano.

"Andy, se mi consegni l'assegno, io me ne vado". Fece un gesto verso la sua scrivania, dove era stato messo il contratto firmato.

Andy fece penzolare il bicchiere, poi deglutì. Lo posò sulla scrivania liscia e lucida con un rumore di fondo. "Diana, forse mi sbagliavo e tu non sei come tua madre".

Diana si chiese se le sue fossero scuse. Non sapeva cosa pensare del modo in cui lui la guardava. Lui non si mosse dalla scrivania e lei non vide l'assegno al suo posto.

"Sto cercando di scusarmi, Diana", disse. "Potresti concedermi almeno questo".

Dal modo in cui lo disse, capì che il suo ego la stava fissando, e che non le avrebbe reso le cose facili. Emise un pesante sospiro. "Certo, scusati pure, ma cerchiamo di capire per cosa ti stai scusando. È per la mia sorellina, che non ha mai visto il suo quinto compleanno, per il fatto che tuo padre faceva parte di qualsiasi cosa facesse mia madre, o per il fatto che hai fatto del tuo meglio per cacciarmi dalla città e fare in modo che la gente di qui non mi desse una possibilità? Faye Claremont era una madre di merda, ma era tutto ciò che avevo e non conoscevo altro. La tua rabbia era rivolta a lei, ma io e mia sorella siamo state effetti collaterali. È per questo che ti stai scusando?".

Lui non disse nulla, fece solo un passo verso di lei, poi un altro finché non le fu davanti. Era alto, proprio come Jed, ma non era affatto come lui. "Non voglio che mio cugino si faccia male", disse. "Non fare la furba con lui". "

Diana dovette distogliere lo sguardo e chiudere gli occhi. "Dammi quel dannato assegno, Andy, e me ne andrò".

Lui non si mosse, si limitò a inclinare la testa. Perché la stava guardando in quel modo, con troppo interesse, con troppo qualcosa? "Sei la donna più bella che abbia mai visto, Diana. Vai a letto con lui?".

"Che importanza ha?"

Andy chiuse gli occhi per un attimo, poi si allontanò, girò intorno alla scrivania e aprì il cassetto superiore per estrarre l'assegno. Glielo porse. "Lasci la città?"

Un'altra domanda a cui non voleva rispondere. "Non lo so, Andy. In questo momento sto aiutando una donna a ricominciare da capo". E poi c'era Jed, un uomo per il quale non si sarebbe mai aspettata di provare così tanto. Prese l'assegno da lui.

"Jed non ha altro che una proprietà fatiscente che farebbe meglio a demolire", disse Andy. "Si arrangia. Lo vedo, lo vediamo tutti. Si guadagna da vivere con quei dannati cavalli, portando la gente in viaggio, accampandosi per tutta l'estate. Taglia la legna d'inverno, dà lezioni di equitazione. Quello che voglio dire, Diana, è che non ha nulla da offrirti".

Diana osservò la stanza, percependo l'enormità della villa, così grande che non aveva idea di quante stanze avesse. Pensò che il quadro alla parete, opera di un artista che non aveva mai sentito nominare, valesse più di quanto Jed avrebbe mai guadagnato. "È qui che ti sbagli, Andy. Jed è uno degli uomini più rispettabili e onorevoli che abbia mai conosciuto. Questi qui, i soldi?" Alzò l'assegno. "Non hanno senso se non c'è amore. Addio, Andy." Si voltò e iniziò a camminare verso l'ingresso piastrellato, tenendo in mano l'assegno, a testa alta.

"Jed non è tornato con te".

Diana si fermò all'ingresso e osservò l'imponente scalinata e il soffitto ornato. "No, sta cercando i suoi cavalli. Li hai presi tu, Andy?".

Lui non rispose. La rabbia che lei spesso vedeva nella sua espressione era di nuovo presente. "Voglio bene a mio cugino. Non gli farei mai una cosa del genere".

Lei esitò solo un secondo. "Sai una cosa, Andy? Io ti credo. E tuo padre? Potrebbe essere stato lui?".

Andy distolse solo lo sguardo e lei capì di avere la sua risposta. Non disse altro, continuò a camminare verso la porta e a uscire sotto la pioggia e il vento. Si chiuse la porta alle spalle e capì solo allora, quanto tutto fosse cambiato.

# CAPITOLO
# Diciannove

Era buio quando Jed imboccò il vialetto di casa sua, con i tergicristalli che facevano avanti e indietro. Diana lo precedeva e lui parcheggiò accanto a lei. La luce si accese all'interno del suo SUV quando lei scese e chiuse la portiera. Anche lui scese, nel buio e nella pioggia. Lei rimase lì, dietro il suo veicolo, con la pioggia che le cadeva addosso e inzuppava anche Jed.

"Hai trovato i cavalli? ", chiese.

Scosse la testa. "Ricomincerò domattina. Potrebbero essere saliti sulle colline, nella foresta. Prendo in prestito un cavallo, mi metto in sella e parto alle prime luci dell'alba. Hai sistemato tutto con Bonnie e Andy?".

Era tesa. Anche nell'oscurità, lui poteva percepire la distanza che aveva creato. "Ho dato l'assegno a Bonnie".

"Hai qualche problema con mio cugino?", chiese. Forse era per questo che si sentiva così a disagio.

Scosse la testa. "Nessun problema, Jed".

"L'unico modo per far funzionare qualcosa tra due persone è la sincerità", replicò.

I suoi occhi blu lo raggiunsero. "Questo lo so. Non ti ho mentito. È questo il problema? Non ti fidi?", chiese. Non era una donna che si arrendeva e si lasciava calpestare da qualcuno. Lui l'aveva capito.

"No. Si tratta di quello che ti ho detto prima, di come mio zio mi abbia messo in testa tutte quelle frottole e l'essere arrivato a dubitare di te, che tu avessi potuto lasciar uscire i cavalli. Sono stato sincero con te, Diana, ma quello che non ti ho fatto capire davvero è quanto fossi arrabbiato con me stesso, perché in fondo, sapevo che non potevi fare una cosa del genere. "

Lei gli gettò le braccia al collo e gli stampò un bacio sulle labbra, e lui incespicò un po', tenendola però stretta contro di sé. La spinse contro il suo SUV, passandole le mani sul viso, sentendo la pioggia che scendeva su di loro, bagnandoli, mentre la assaggiava, baciandola. Si tirò indietro. Tenendola contro di sé, sentendo tutta la sua morbidezza, si rese conto che non si era mai sentito così con nessuna donna.

"Dicevi sul serio, su quello che hai detto prima?", chiese.

Lei lo stava ancora toccando, con le mani sulle sue spalle. Voleva ripararsi dalla pioggia, ma non voleva muoversi. "Dovrai essere più specifico. Credo di aver detto molte cose, ma intendo sempre dire quello che dico".

"Hai detto di amarmi. Dicevi sul serio?".

Lei lasciò cadere la testa all'indietro, mentre la pioggia scendeva sempre più forte, poi si voltò verso di lui e il suo sorriso, giurò, avrebbe potuto illuminare il mondo. "Ogni parola. Ti amo, Jed".

Lasciò che le sue mani indugiassero, scivolando su di lei, poi socchiuse gli occhi guardando la pioggia e poi di nuovo la rossa che lo aveva quasi investito e aveva sconvolto la sua vita. "Che ne dici se entriamo in casa?"

"Sì", rispose lei.

Lui si avvicinò di nuovo e la baciò, poi la prese in braccio e lei rise, mentre lui camminava tra le pozzanghere fino alla cassa sulla porta del bungalow. Diana allungò la mano e girò il pomello per aprirla, lui la posò all'interno della piccola e angusta casa, poi accese la luce e chiuse la porta. Un tuono rimbombò e lui vide quanto lei fosse fradicia mentre si toglieva il cappotto. La camicetta bianca mostrava i seni più perfetti che avesse mai visto.

Lui gettò la giacca a vento sulla sedia accanto alla porta e vi posò sopra il cappello, mentre Diana si toglieva le scarpe e faceva un passo indietro. Si avvicinò all'elastico che teneva indietro i capelli rossi fradici, mentre Jed si toglieva uno stivale da cowboy e poi l'altro, sbottonandosi la camicia. Diana fece un passo indietro nel corridoio, come se sapesse dove stesse andando, sbottonandosi la camicetta a sua volta, ogni passo indietro.

"La camera da letto è in fondo", disse. "Ci sei quasi".

Lei si aprì la camicetta, che gocciolava, e la gettò sul pavimento, proprio come lui fece con la sua camicia. Lui si slacciò la cintura e aprì la cerniera dei jeans mentre lei entrava nella camera da letto buia, dove filtrava solo la debole luce del corridoio. Gettò il reggiseno di lato e si calò i pantaloni, che sembravano incastrati, tanto erano bagnati, così si sedette sul bordo del piccolo letto a due piazze e se li sfilò. Anche lui si tolse i jeans bagnati e gettò via calzini e mutande.

Si concesse un minuto per ammirare quanto fosse bella. Mentre si muoveva su di lei, lei fece scivolare le mani su di lui, sulle sue guance. Il suo pollice era sul suo labbro e lui si chinò e la baciò, assaggiandola, toccandola, amandola. Scivolò dentro di lei, sentendo il suo respiro fondersi con il suo, l'alzarsi e l'abbassarsi del suo petto, il modo in cui le sue mani scivolavano sulla sua schiena, tirandolo più vicino a lei. Quella donna era la persona che aveva cercato per tutta la vita.

Mentre giaceva tra le sue braccia, sentendo il battito del suo cuore, il tocco della sua mano lungo la schiena e la parte di lui che ora era parte di lei, si sentì andare alla deriva e la sentì sussurrare: "Ti amo, Jed Friessen, più di quanto tu possa immaginare".

# CAPITOLO
# *Venti*

Si udì un suono martellante. Diana sobbalzò, sbattendo le palpebre per un attimo, incerta su dove si trovasse, sentendo il calore di un uomo accanto a lei. Una mano calda scivolò su di lei, dove era premuta contro Jed, pelle contro pelle. La mano di lui le passò sul ventre mentre si allontanava. Si rese conto che qualcuno stava bussando alla sua porta e, quando si girò nuovamente, Jed era già seduto sul bordo del letto. Accese la luce del comodino, illuminando la piccola camera da letto simile a una scatola, con il comò, tre scatole impilate nell'angolo e una finestra con una tenda di pizzo. Jed si infilò un paio di jeans sul sedere più bello che avesse mai visto. Diana prese la trapunta, che era caduta a terra, e la tirò sopra di sé, sentendo il freddo del primo mattino.

Jed si voltò di nuovo verso di lei e si chinò a baciarle le labbra. "Resta qui", fu tutto ciò che disse, e mentre lei si alzava a sedere, si sentirono altri colpi. "Okay, sto arrivando!", gridò. Lui entrò nel corridoio, a petto nudo, e lei sentì la porta che veniva aperta con uno strattone, poi le voci: quella di Jed e un'altra voce maschile, che non avrebbe mai dimenticato e avrebbe riconosciuto ovunque.

"Perché sei qui, Andy? ", stava dicendo Jed.

Diana appoggiò la testa alla parete, poi si spostò sul bordo del letto, osservando i suoi vestiti bagnati sul pavimento insieme a quelli di Jed. Cercò i suoi pantaloni di lino, che erano ancora fradici. Non c'era alcuna possibilità di indossarli, quindi si avvicinò al piccolo comò e aprì un cassetto per trovare una maglietta pulita. Alzandola, si accorse di quanto fosse grande, ma la tirò comunque sopra la testa, sentendo i grovigli dei capelli umidi mentre la sollevava. La maglietta le arrivava a metà coscia.

Diana uscì dalla camera da letto e girò l'angolo fino al piccolo e squadrato soggiorno. La porta d'ingresso era spalancata e non fu Jed a vederla per primo, ma Andy, in piedi sull'uscio aperto, con indosso una giacca scura. Il suo sguardo avrebbe potuto incendiarla. Sembrava che Jed avesse capito istintivamente che lei era lì, perché ora la stava guardando. Lei fece un passo avanti, fino a raggiungerlo, dietro di lui, appoggiando la mano sul suo braccio nudo, sentendo la forza che emanava.

"Hai detto che non andavi a letto con mio cugino", disse Andy. Perché gli importava così tanto?

"Non che la mia vita sia affar tuo, Andy, ma se ricordi, non ti ho mai risposto", disse lei.

Le sembrò che imprecasse sottovoce. Jed le lanciò un'occhiata che chiedeva cosa stesse succedendo. Lei non allontanò la mano e Jed non si mosse, come se si sarebbe sempre frapposto tra lei e qualsiasi cosa avesse cercato di farle del male.

"Che diavolo, Andy?", disse. "Diana non ti riguarda,

è mia. Nel caso in cui non avessi chiarito la mia posizione, non le parli così, non fai il prepotente e stai lontano da lei". Sembrava piuttosto calmo, ma toccandolo, lei poteva sentire la tensione in tutto il corpo di Jed. Lui si voltò di nuovo verso di lei, lasciando che il suo sguardo si soffermasse sulla maglietta che indossava.

Scrollò le spalle. "I miei vestiti sono fradici".

Lui si limitò a grugnire e lei pensò che ci fosse del divertimento nella sua espressione. Si voltò di nuovo verso Andy e disse: "Allora, perché sei qui?".

Andy lasciò che il suo sguardo si soffermasse ancora un secondo su Diana prima di trascinarlo su Jed e inclinare la testa. "Si tratta dei tuoi cavalli", disse. Non guardò più Diana, e dal modo in cui osservò il cugino, lei capì che gli importava più di quanto avrebbe mai ammesso. Andy credeva davvero che Diana avrebbe fatto del male a Jed?

"E quindi? " disse Jed. "Tu ne sai qualcosa. "

Andy scosse la testa. "Lo sospettavo. Hai detto che c'erano tracce, di uomini, a cavallo. Sai che non ti farei mai una cosa del genere". Si avvicinò all'interruttore per accendere la luce esterna. La pioggia continuava a scendere e Diana si accorse che dietro il camion di Andy era stato agganciato un rimorchio per cavalli. "Li ho trovati, o meglio, ho avuto un presentimento. Ho parlato con alcuni dei cowboy che si occupano di tutto da sempre per noi, senza fare domande. Tre di loro, per l'esattezza. Non hanno voluto puntare il dito contro papà, ma mi hanno detto che due di loro sono venuti qui ieri sera. Non hanno semplicemente lasciato uscire i tuoi cavalli; hanno fatto parcheggiare un rimorchio a un chilometro di distanza e li hanno caricati, per portarli al magazzino. Dovevano essere venduti per la macellazione lunedì. "

Jed si chinò e prese i suoi stivali da cowboy sul pavimento. Infilò i piedi nudi e afferrò la giacca a vento che aveva gettato sullo schienale della sedia, poi se la infilò e passò davanti a Andy. Diana sentì i suoi stivali che sguazzavano nelle pozzanghere.

"È stato Todd, vero?", disse. Si tirò le braccia sul petto, sentendo la vulnerabilità di stare lì con la sola maglietta di Jed indosso.

Andy era ora in piedi di lato, in procinto di seguire Jed. Rivolse uno sguardo a Diana. "Ho chiesto a mio padre. Ha detto che non è stato lui. "

"E ci credi davvero? Andiamo, Andy. Tuo padre non l'avrà detto apertamente, ma ha minacciato Jed, questo posto, il suo stesso sostentamento, tutto quanto è stato messo a rischio a causa mia. Todd si è arrabbiato perché Jed non mi ha buttata fuori e non mi ha mandata via". Sentì il cigolio del rimorchio dei cavalli. Alla luce della stalla, Jed stava conducendo fuori i suoi due cavalli. Non sapeva cosa pensare di Andy, del modo in cui scuoteva la testa e guardava nel buio della notte prima di riportare lo sguardo su di lei.

"Non so cosa pensare", disse. "I cowboy che l'hanno fatto rispondono a mio padre. Jed ha riavuto i cavalli e, a prescindere, se ci fosse Todd dietro, nessuno parlerà. Comunque, non lo farà mai più."

"Non puoi saperlo. Tuo padre è un mostro". Diana guardò i cappotti appesi al gancio della porta d'ingresso. Prese uno di quelli di Jed, un lungo impermeabile, e lo indossò, poi infilò i piedi nelle scarpe basse.

"So benissimo cos'è mio padre", disse Andy, "ma sia chiaro, Diana, che tua madre...".

"Smettila!", urlò lei, interrompendolo. "So esattamente cos'è, o cos'era, ma la differenza tra me e te è che lei non fa parte della mia vita, adesso. Guardati, Andy. Dici di voler bene a Jed, ma continui a trovare scuse per tuo padre, a sistemare le cose per lui".

Lui non disse nulla, uscì dalla casa e Diana lo seguì, chiudendosi la porta alle spalle. La pioggia cadeva su di loro e intorno a loro.

"Tieni davvero a lui?" le chiese Andy.

Diana alzò lo sguardo verso di lui, verso l'acqua che gocciolava dal suo cappello nero da cowboy. "Sì, lo amo davvero".

Andy non disse altro. Continuò a camminare verso il rimorchio dei cavalli e chiuse il retro, poi si diresse verso il suo pick-up e salì. Mentre Diana camminava sotto la pioggia battente verso la stalla, ascoltando Andy che si allontanava, sentì Jed mormorare qualcosa a Scarlett nella sua stalla, mentre la spazzolava. Gettò un fiocco di fieno prima di uscire, mise in sicurezza la stalla e si avvicinò a Diana.

"Andy se n'è andato?"

Lei annuì e fece scivolare la mano sul braccio di lui, toccandolo, vedendo l'amore che aveva per i suoi cavalli. "Stanno bene?"

Lui la guardò con quegli occhi marroni come il whisky, che toccavano una parte di lei in cui non aveva mai permesso a nessuno di entrare, una parte che aveva chiuso a tutti. "Sembra di sì. Sai che ti amo? "

Sentì il sorriso dentro di sé prima che lui le toccasse le labbra e si appoggiò a Jed, mentre il braccio di lui la cingeva istintivamente. Lui le diede un bacio sulla sommità del capo e, mentre lei alzava lo sguardo verso di lui, le baciò le labbra, lasciandole indugiare, così tenero, pieno di tanto amore.

"Questo è tutto quello che ho, Diana", disse. "Non è molto".

Lei scosse la testa. "Jed, ho bisogno solo di te, nient'altro".

Lui non distolse lo sguardo e lei giurò che poteva vedere nella sua anima. "Sposami".

Le ci volle un secondo per capire cosa avesse detto. "Mi stai chiedendo di sposarti?".

Eccolo, quel sorriso. Si inginocchiò nel fienile, tenendole la mano con la sua, ruvida e grande, con il viso che aveva bisogno di essere rasato e i capelli scompigliati. "Diana Fulton, vuoi sposarmi, avere dei figli con me e condividere la tua vita con me?".

Sentì gli occhi bruciare e Jed rimase confuso per un attimo davanti a lei quando la vide piangere. Diana si costrinse un sorriso alle labbra e tirò un respiro, sentendo il profondo dolore che le bruciava il petto. Non si aspettava questa emozione. "Hai ragione", disse. "Sì, ti sposerò, condividerò ogni momento con te e avrò dei figli con te. Ti amerò per sempre".

Si alzò e la sollevò tra le braccia, ridendo, poi si chinò mentre lei gli fece scivolare le braccia intorno alle spalle e la baciò di nuovo, profondamente.

# CAPITOLO
# *Ventuno*

I ricordi di quel giorno erano ancora vivi in lei, così come il ricordo della sorellina morta anni prima. Diana si rese conto che avrebbe sempre tenuto Louisa nel suo cuore.

Si lisciò l'abito da sposa di pizzo che aveva comprato in città, sentendo le risate della famiglia di Jed. Suo padre, Rodney, era alto e distinto. Con i suoi capelli grigi e i suoi lineamenti forti, purtroppo assomigliava a Todd, ma questa era l'unica cosa in comune che avevano i due fratelli. Sua moglie, Becky, era una donna bassa con caldi occhi marroni. Diana poteva vedere l'amore che scorreva tra loro e che coinvolgeva tutti quelli che li circondavano. Il fratello maggiore, Brad, era un altro bell'uomo, con la moglie Emily e i loro tre figli. Il secondo fratello più grande di Jed, Neil, era single, di una bellezza devastante e possedeva un ranch con il padre nella penisola dello Yucatan.

L'amore che scorreva in quella famiglia per Jed e per lei era qualcosa di così meraviglioso che a volte la gioia era quasi incontenibile. Combattevano l'uno per l'altra.

Non aveva mai pensato che fosse possibile amare ed essere amati così profondamente.

Una mano sottile le scivolò sulla spalla e la distolse dai suoi pensieri. "Sei splendida, Diana." Era Emily, con i capelli castani tirati indietro e un bel vestito di chiffon rosa con morbide pieghe sulla schiena. Era gentile e accogliente e Diana le aveva chiesto di farle da testimone. "So che c'è uno sposo là fuori, che sta diventando impaziente e viene preso in giro dai suoi fratelli per il fatto che sei rinsavita e sei scappata".

"Non lo farei mai", disse lei. "Sono terrorizzata, Emily, perché lo amo così tanto".

Il sorriso di Emily era dolce, gentile. "Oh, conosco quell'amore. L'ho provato con Brad. Il mio consiglio? Afferralo con entrambe le mani e tienilo stretto. Quell'uomo ti ama. Vuoi farlo aspettare? Che ne dici di fargli dare un'occhiata a te che cammini verso di lui, dire "lo voglio" e diventare ufficialmente marito e moglie? "

Diana prese il bouquet che Emily le porgeva, sapendo di non voler aspettare un secondo di più. "Facciamolo", disse.

Emily si avvicinò alla porta chiusa della camera da letto, la aprì e i due si avviarono lungo il piccolo corridoio. Davanti alla porta d'ingresso vide Rodney in smoking nero, con gli occhi che brillavano di amore e gentilezza per lei.

"Diana, voglio solo dirti quanto io e Becky siamo felici che tu faccia parte della nostra famiglia e quanto questo renda felice nostro figlio", disse. "Siamo così orgogliosi di avere un'altra bellissima e adorabile nuora. So che non hai famiglia qui, Diana, ma mi chiedo se mi concederai l'onore di accompagnarti all'altare da mio figlio".

Il suo cuore era così pieno di emozioni e si voltò verso Emily, che le fece un cenno con un sorriso tenero e tanto sostegno. "Mi piacerebbe, sì", disse Diana.

Uscì dalla casa, sulla larga tavola che aveva preso il posto della cassa, e prese la mano di Rodney, poi accettò il suo braccio. Era un uomo gentile che amava la sua famiglia, il ritratto dell'onore e della bontà che aveva immaginato un tempo. Sentì il mormorio delle voci mentre veniva accompagnata da Rodney nel semplice cortile di Jed, che era stato trasformato durante la notte con fiori, sedie e moquette, in uno splendido giardino per il matrimonio.

Jed era in piedi con il sacerdote che li avrebbe sposati, un uomo brizzolato e corpulento, vestito con camicia e colletto bianchi e un cappotto nero, come tutti gli officianti. Tutti erano in piedi e lei sapeva che Todd e Andy non erano stati invitati.

Consegnò il suo bouquet a Emily e prese le mani di Jed, quindi pronunciò le sue promesse e ascoltò quelle di lui, e ognuno infilò una semplice fascia d'oro al dito dell'altro. Poi, il prete concluse con: "Per i poteri conferitimi, Jed e Diana, vi dichiaro marito e moglie".

Ci fu un applauso e poi il sacerdote si avvicinò a Jed e disse: "Dovresti baciare la sposa".

Jed le sorrise e lei aspettò che lui si avvicinasse e premesse le labbra sulle sue.

Poi, finalmente, la baciò.

# La ricerca

Quando suo marito non torna, è costretta a chiamare l'unico uomo con cui non dovrebbe parlare.

# CAPITOLO *Ventidue*

Andy fissò ancora una volta l'immagine nel giornale, osservando sbalordito l'articolo presente nella sezione sulla città natale che era stato inserito nella pagina “lifestyle”. Non sapeva ancora chi l'avesse lasciato sulla sua scrivania, tanti mesi prima. Forse una delle cameriere o il personale della proprietà. Non era ancora sbiadita, ma anzi, gli si presentava lucida agli occhi. La foto del matrimonio di suo cugino e Diana fu un pugno allo stomaco, quando lo scoprì. Non si sarebbe mai aspettato di ricevere un invito, ma Jed era pur sempre suo cugino e ora era sposato con una donna così dannatamente bella. Andy aveva creduto che Diana fosse proprio come sua madre, una donna che aveva fatto di tutto e di più per ottenere ciò che voleva. Si chiese se fosse per questo che l'aveva trattata così male e ora, era intoccabile.

"Andy, mi stai ascoltando?" chiese Pete Jarvis, un uomo basso, rotondo in vita e calvo. Era in piedi davanti alla scrivania di Andy, con il suo berretto da baseball sbiadito tra le mani.

Andy rimise l'articolo di giornale e la foto nel cassetto superiore della scrivania e lo chiuse. "Voglio davvero sentire ciò che hai da dire?". Emise un pesante sospiro. Pete era attento, preoccupato, pieno di furia controllata, tutto a causa del padre di Andy. "Allora, che cosa ha combinato questa volta?" chiese Andy, senza preoccuparsi di alzarsi dalla sedia di pelle della biblioteca di casa sua.

Pete stropicciò ancora di più quel dannato cappello e si schiarì la gola in modo brusco prima di rispondere. "Tuo padre si è visto con Jodie, mia sorella. Andy, ci conosciamo da molto tempo. Ti sono grato per il lavoro che mi hai affidato, la supervisione della manutenzione delle proprietà della tua famiglia, e sai che lavoro sodo per te. Ma non voglio che Jodie venga allontanata dalla città quando Todd Friessen deciderà di chiudere con lei".

Andy si accorse che la mano di Pete tremava mentre stringeva la tesa del cappello fino a piegarla. Andy si passò la mano sul viso, sentendo il rumore dei baffi e sapendo che avrebbe dovuto radersi prima di cena. Perché suo padre non riusciva ancora a tenere la cerniera dei pantaloni allacciata? Fece un cipiglio e lasciò che lo sguardo si soffermasse su Pete prima di far scivolare indietro la sedia e dirigersi verso la grande finestra bordata di mogano. Sbottonò i polsini della camicia nera e arrotolò le maniche. La primavera era ben inoltrata e i giardinieri e i paesaggisti erano impegnati a falciare, rastrellare, tagliare e potare, preparando i giardini sparsi per la grande tenuta a fiorire in uno splendore di colori.

"Jodie è la più grande?". Andy non si voltò. Stava cercando di ricordare dove vivesse Pete in città e quanto fosse grande la sua famiglia, quante sorelle avesse. Pete gli era sempre piaciuto a scuola; il ragazzo era un secchione, un genio della meccanica che sapeva aggiustare qualsiasi cosa con le mani, cose che la gente comune avrebbe buttato via. Veniva da una famiglia numerosa del posto che, a quanto ricordava Andy, aveva cinque o sei figli. Sapeva che Pete era l'unico maschio.

"Terri è la maggiore, si è sposata l'anno scorso. Jodie è la seconda, ha solo un anno più di me".

Andy lanciò un'occhiata a Pete, sentendo il tono della sua voce. Non riusciva a ricordare che aspetto avesse Jodie o se l'avesse mai incontrata. Sentendo l'età della ragazza, non aveva idea di cosa dire, era molto giovane.

"Tua madre e tuo padre sono ancora vivi, Pete?", chiese. Stava cercando di ricordare chi fossero i genitori di Pete, non che avesse importanza, ma voleva disperatamente mettere insieme i pezzi e capire perché Todd si fosse concentrato su una donna giovane come Jodie.

"Sì, Andy, è così. Papà ha intenzione di ritirarsi dal lavoro di camionista quest'anno. La mamma fa parte del club di giardinaggio locale e questo le farebbe molto male. Loro non lo sanno e io l'ho scoperto solo alla partita di poker del venerdì sera, sentendo il nome di mia sorella pronunciato tra le risate. Sembra che tutti qui lo sapessero, tranne me."

"Io non lo sapevo, quindi non direi tutti".

Pete distolse lo sguardo, ma Andy poteva vedere la rabbia che ribolliva in lui. L'uomo si irrigidì, come se stesse lottando per rimanere calmo e civile. "Allora ascoltami, Andy. I miei genitori non sanno di Jodie e di tuo padre, ma se mio padre lo scoprisse, correrebbe qui immediatamente a far visita a tuo padre. Si presenterebbe con il suo fucile e sappiamo entrambi che si ritroverebbe in carcere perché tuo padre ha lo sceriffo dalla sua parte. La mia famiglia ha dei principi. Il giusto è giusto e lo sbagliato è sbagliato. Tuo padre ha il doppio dell'età di Jodie ed è sposato, non che questo significhi qualcosa per lui, da come si comporta da quando ho memoria. Ma ora sta infangando la mia famiglia, con la sua reputazione. Sappiamo entrambi che nessuno ha affrontato tuo padre e se ne è andato sulle sue gambe. Quante delle donne con cui ha giocato vivono ancora in questa contea? A parte la ragazza di Claremont, che si è opposta a te e a tuo padre e ha sposato tuo cugino". Pete sembrava un po' più sicuro di sé.

"Diana", grugnì Andy. Fissò fuori dalla finestra un adolescente nel cortile che era inciampato e aveva rovesciato una carriola di terra sull'erba verde.

"Chi?"

Pete si schiarì di nuovo la gola.

Si girò e vide Pete che lo fissava, confuso. "Diana era il suo nome, ed era una Fulton, non una Claremont, quando sposò mio cugino. I fatti contano. Non ha mai avuto una relazione con mio padre".

La tensione gli attraversò le spalle. Non sapeva perché gli desse fastidio che la gente parlasse ancora di Diana come se non valesse nulla. Forse perché la ammirava, per il modo in cui si era opposta a lui, a suo padre. Si era sbagliato su di lei; non era la figlia di sua madre. E il fatto era, che adesso era incinta del figlio di suo cugino.

"Oh", disse solo Pete, prima di afferrare quello stupido cappellino da baseball arancione e piegarne di nuovo la tesa. "Scusa, me ne ero dimenticato. Una ragazza abbastanza simpatica. E il modo in cui ti ha affrontato, beh, gli abitanti della città la ammirano per quello che ha e per come si è fatta strada, diventando un avvocato e tutto il resto. Ho sentito che aspettano il loro primogenito da un momento all'altro...".

"Che cosa vuoi, Pete?". Andy si voltò, sentendo il morso delle parole dell'uomo colpirlo come non si sarebbe mai aspettato potessero fare. Non ne poteva più di parlare di Diana, che apparteneva a suo cugino. Forse era anche per questo che ultimamente era così inquieto.

"Voglio che tu parli con tuo padre e che lo convinca a stare lontano da mia sorella".

"Perché?" Andy si avvicinò alla scrivania e si sedette sul bordo, facendo un gesto verso Pete. "Fai in modo che tua sorella stia lontana da mio padre. Mi sembra una soluzione più semplice, non credi?".

"Beh, ci ho provato. Ma lei ha gli occhi a cuoricino ed è innamorata, e sembra pensare che tuo padre lascerà tua madre per sposare lei". Pete si stava innervosendo e stava iniziando ad alzare la voce.

Improvvisamente, si sentì un rumore come se qualcosa fosse andato in frantumi nel corridoio fuori dalla biblioteca. Andy si alzò immediatamente in piedi con i suoi pesanti stivali, attraversando il tappeto rosso intenso. Una giovane bionda, con i capelli legati all'indietro in uno stretto chignon e un vestito nero da cameriera, era in ginocchio e raccoglieva i pezzi di quello che sembrava un vaso in frantumi. I suoi occhi avevano una tonalità di verde che non aveva mai visto prima, e uno spolverino era sul pavimento accanto a lei. Il suo volto impallidì quando lo vide.

"Mi dispiace molto, signore", disse. "Il vaso è scivolato. Lo sostituirò a spese mie. La prego, ho bisogno di questo lavoro...".

Cosa c'era nelle donne che si rannicchiavano sotto di lui, impaurite, o gli saltavano in grembo? Diana non si sarebbe mai rannicchiata così. Dannazione, perché non riusciva a togliersela dalla testa? Sapeva che Pete era lì dietro di lui. Si chiese quanti anni avesse la cameriera. Stava raccogliendo i pezzi a mani nude e gli sembrò di vederla tremare.

"Non si preoccupi", disse. "Sono sicuro che non se ne sentirà la mancanza. Basta che lo pulisca".

Era esile, probabilmente appena uscita dalle scuole superiori. Gli lanciò un'occhiata e annuì, poi usò il grembiule della gonna bianca per raccogliere i pezzi più grandi. Afferrò un pezzo e sibilò, il sangue gocciolò sul pavimento, ma invece di far cadere i pezzi come avrebbe fatto chiunque altro, ignorò il dolore e li infilò nel grembiule e lo ripiegò, poi si alzò in piedi di fronte a lui. Probabilmente, era alta solo un metro e cinquanta e non era un granché.

"Di nuovo, mi dispiace molto, signore. Pulirò tutto". Si strinse la mano che sanguinava.

"Jules!" Andy chiamò la governante, osservando gli occhi spalancati della cameriera che lo fissavano. La ridicola uniforme della cameriera era attraente come un sacco di grano, inamidata e abbottonata fino alla gola. "Stai sanguinando. Dammi la mano. Smettila di preoccuparti del dannato pavimento. Pete, prendi il bidone della spazzatura vicino alla mia scrivania".

La sua mano tremava mentre la porgeva lentamente ad Andy, mentre l'altra stringeva il grembiule con i pezzi del vaso rotto. Il taglio era profondo e perdeva sangue. Andy sentì i passi di Jules, una donna grassottella e brizzolata, avvicinarsi. Poi Pete arrivò con il bidone della spazzatura.

"Sì, signor Friessen?" chiese Jules. I suoi occhi si allargarono vedendo il sangue e la ragazza, prima che aggrottasse le sopracciglia, torcendosi le mani e guardando la ragazza sbigottita. "Mio Dio, Laura, che cosa hai fatto? Quello era il vaso cinese della signora Friessen! Vale più di quanto tu guadagni in un anno", sbottò duramente. "Mi dispiace molto, signor Friessen. Farò in modo che se ne vada entro la fine della giornata".

La bionda si bloccò, la sua mano si irrigidì e il suo viso si colorò di rosso. Quindi si chiamava Laura.

Andy prese il bidone della spazzatura da Pete, che non disse nulla, e lo porse alla giovane cameriera perché facesse cadere i pezzi rotti che ancora stringeva nel grembiule. "Gettali", fu l'unica cosa che disse e, dopo che lei ebbe gettato i pezzi, restituì il bidone a un silenzioso Pete. Anche Jules era ancora lì, con il suo immancabile cipiglio, e Andy disse: "Togliti il grembiule, Jules".

Gli occhi della governante erano di una tonalità media di blu e dal modo in cui lo fissava, Andy sapeva che non capiva.

"Mi serve il tuo grembiule, Jules".

Lei scosse la testa, poi si affannò a slacciare il grembiule bianco, con il doppio mento che vacillava. Andy glielo prese prima che lei potesse aggiungere un'altra parola, poi prese la mano di Laura, che ancora sanguinava, e le avvolse il grembiule attorno. Non riusciva a capacitarsi di ciò che Jules aveva detto sul licenziamento della ragazza perché aveva rotto un maledetto vaso. Tutta questa storia di suo padre, della sua famiglia, gli stava sfuggendo di mano.

"Jules, oggi non licenzierai nessuno", disse. "Sii realista, capito? È stato un incidente. Guardati intorno in questa casa. Ci sono troppe schifezze, vetri, oggetti inutili. Onestamente, non ricordo di aver mai nemmeno visto un vaso. Ecco quanto ci mancherà. Laura, vero?"

La bionda spaventata sollevò quegli ampi occhi verdi verso di lui. Lui poteva sentire quanto fosse tesa da quanto era rigida. "Sì, signore, mi chiamo Laura", disse, poi deglutì.

Sapeva quando qualcuno aveva paura. Il sangue filtrava dal grembiule. "Quel taglio è profondo", disse. "Jules, devi portarla all'ospedale. Posso pulire il resto da solo. Sono sicuro che qui da qualche parte c'è una scopa".

Tre paia di occhi lo fissarono come se gli fosse spuntata una seconda testa.

"So usare la scopa", disse. "Credi che non abbia mai pulito la mia parte di vetri rotti? Posso dirvi che, crescendo, per me era più facile pulire tutto quello che rompevo, cristalli, ornamenti, bicchieri, piatti, e buttarlo via prima che qualcuno di voi se ne accorgesse".

Jules si accigliò. Andy aveva imparato a sue spese che sua madre teneva più alle sue cose che a suo figlio. Quando aveva cinque anni, correndo per la casa, aveva rovesciato un tavolino e rotto un decanter di cristallo, e sua madre, la regina del ghiaccio, lo aveva cacciato per farlo crescere dalla governante. Ora tutti facevano un gran casino per un vaso che lui non ricordava nemmeno.

"Smettila di stare in piedi senza fare nulla, Jules", disse. "Laura, vai a farti curare quel taglio". Sapeva di essere stato brusco, perché Jules e Laura se ne andarono immediatamente. Emise un pesante sospiro, fissando i piccoli pezzi di vetro sul pavimento accanto a qualche goccia di sangue. Pete aveva ancora in mano quel maledetto secchio della spazzatura, così Andy la raggiunse e disse: "Abbiamo finito, Pete? "

Pete rimase lì, con il cappello in mano, determinato, mostrando una spina dorsale che Andy non vedeva spesso. "Andy, mia sorella?"

"Ci penso io", disse. Come, non ne aveva la minima idea. "E no, non sarà cacciata dalla città".

Pete si rimise il cappello e, evidentemente soddisfatto, si avviò verso la porta d'ingresso. Mentre la apriva e se ne andava, Andy si diresse lungo il corridoio verso la cucina, verso il ripostiglio dove ricordava che erano conservate tutte le scope, gli stracci e i detergenti. Aprì la porta e ammirò la cucina vuota e silenziosa, diversa da quella della sua infanzia, ora con armadietti bianchi, pavimento di ardesia verde ed elettrodomestici neri. L'armadio ad angolo che ricordava aveva una porta di vetro e ora era una dispensa.

"Ma che diavolo?", disse guardandosi intorno, chiedendosi quando fosse cambiato tutto. Si stava dirigendo verso un armadio alto sul lato opposto, vicino alla porta sul retro utilizzata dal personale, quando sentì squillare il telefono. Era un cordless, uno dei tanti in una casa di quelle dimensioni, e poiché era proprio lì, lo raggiunse. "Sono Andy". Si guardò alle spalle, ancora distratto. L'armadio che aveva aperto conteneva cappotti e scaffali di uniformi e grembiuli.

"Andy, sono Diana".

Una voce che non si sarebbe mai aspettato di sentire, non lo chiamava mai.

"Diana... come stai?".

Cosa avrebbe dovuto dire alla moglie di suo cugino? Lei era il motivo per cui pensava che ora ci sarebbe sempre stata una frattura tra lui e Jed.

"Sono preoccupata per Jed", disse. "Ha portato fuori il nuovo stallone e doveva tornare prima di pranzo. L'ho chiamato al cellulare e gli ho lasciato una dozzina di messaggi. Non risponde e ora la segreteria telefonica dice che la sua casella è piena".

Si girò nella cucina vuota e osservò l'orologio digitale sul fornello, vedendo che erano le 18:40. "Jed è uno dei migliori cavallerizzi in circolazione. Forse lui..."

"Sapevo che era un errore, chiamare...". Lo interruppe piuttosto bruscamente Diana. "Ma non sapevo chi altro chiamare. Non conosco la foresta, tutti i posti in cui va a cavallo, o da dove cominciare a cercare. Non avrei dovuto chiamare, Andy. Andrò a cercarlo da sola".

"Diana, aspetta, cosa pensi di fare? Sei incinta e devi partorire da un momento all'altro, non puoi uscire". Si portò la mano al viso, tirandosela di nuovo addosso, chiedendosi cosa pensasse Jed a volte.

"Mio marito è scomparso. Essere incinta non mi impedirà di andare a cercarlo. Non è da Jed. Lui torna sempre quando dice di farlo. So che c'è qualcosa che non va".

Andy sentì la preoccupazione nella voce di lei e capì che aveva ragione: Jed era un uomo solido come pochi, e anche di più. "Non ti muovere", disse. "Mi ci vorranno circa venti minuti, ma sto arrivando".

Sentì il suo respiro leggero all'altro capo. "Grazie", fu tutto ciò che disse prima di riattaccare.

Andy rimise il telefono nel supporto. L'ultima volta che aveva visto Diana e Jed era stata la sera in cui aveva riportato i cavalli di Jed. I cowboy che li avevano presi lavoravano ancora lì e suo padre aveva detto solo una cosa quando lo aveva affrontato: "Il ragazzo deve sapere qual è il suo posto e chi è la sua famiglia".

Ma per Andy, Jed era famiglia e in questo momento era scomparso. I mesi erano passati e Andy si era reso conto che la sua rabbia persistente era qualcosa con cui non poteva più convivere. Andò alla porta sul retro e la aprì per vedere il suo pick-up e il suo rimorchio parcheggiati accanto al fienile. In meno di cinque minuti, aveva agganciato il rimorchio al pick-up, aveva caricato la sua cavalla, Ladystar, e stava uscendo sull'autostrada, osservando le spesse nuvole sopra le sue teste, che sembravano portare un'altra notte di pioggia intensa.

# CAPITOLO
## Ventitré

Diana stava conducendo una cavalla scura fuori dalla stalla quando Andy si fermò davanti al suo vialetto. Uscito dal suo pick-up e sceso in una delle tante pozzanghere, osservò la piccola casa in rovina. I capelli rosso brillante di Diana erano tirati indietro e brillavano sotto il sole del tramonto. Gli occhi di lei lo avevano sempre colpito; il blu profondo toccava qualcosa dentro di lui che gli rendeva dannatamente difficile respirare mentre la osservava. Indossava jeans blu e una lunga camicia rosa con un morbido maglione blu tirato sopra, con la pancia grossa, che portava in grembo il figlio di suo cugino. Sembrava pronta a partorire da un giorno all'altro.

Fu sorpreso nel rendersi conto che, nonostante fosse incinta, era ancora la donna più sexy di sempre, uno spettacolo da vedere. Desiderava ancora che fosse sua, anche che il bambino che portava in grembo fosse suo. Diavolo, desiderava molte cose. Forse era la sua forza che lo attraeva più di ogni altra cosa.

"Andy, grazie per essere venuto". Diana legò la cavalla a una ringhiera fuori dalla stalla.

"Beh, certo che sono venuto. Che cosa è successo, Diana? Hai detto che ha portato fuori un cavallo e non è più tornato?".

Il vento si alzò e le scompigliò le ciocche di capelli rossi sugli occhi; lei li scostò, facendo brillare la semplice fede d'oro che portava al dito. Emise un respiro pesante e lui si chiese se fosse perché era così incinta che la preoccupazione le gravava intorno. La sentiva anche solo stando lì, a guardare lei e il cavallo su cui poggiava la mano, osservando il disordine del luogo. La porta della stalla doveva essere riparata e un telo copriva il tetto. Sembravano necessarie infinite riparazioni ovunque.

"Ha detto che sarebbe tornato per pranzo", disse ancora Diana. "Sta allenando quello stallone, Red, che ha comprato all'asta prima di Natale. Ha fatto un buon affare e lo sta allenando tutti i giorni per poterlo portare nei viaggi di gruppo che ha programmato per quest'estate. Lo sta portando fuori sempre più a lungo, ma ha con sé un cellulare. Gliel'ho fatto prendere perché sa che mi preoccupo, ma non risponde. A volte esce dal raggio d'azione, ma non per molto tempo, e non lo farebbe ora, con la data di nascita del bambino così vicina. Sono le sette passate, quindi è in ritardo di sette ore. Conosci Jed: non lo fa, mai".

Diana si sistemò più stretto il maglione e lui pensò che dovesse avere freddo. Non ci pensò un attimo prima di togliersi la giacca di jeans foderata e di drappeggiarla sulle sue spalle. Lei si irrigidì quando lui la toccò e alzò lo sguardo. Sembrava stanca, con le occhiaie.

"Diana, hai un'aria così stanca", disse. "Jed ti sta seguendo bene?".

Gli occhi di lei lampeggiarono con un fuoco che lui ricordava bene, e fece un passo indietro, si sfilò il suo cappotto come se ci avesse ripensato, e glielo porse. "Jed mi tratta benissimo. Mi rispetta e mi ama. È solo che ora sono sempre stanca. Si chiama gravidanza. Andy, per favore, prendi il tuo cappotto".

Poteva vedere la sua determinazione. Era una donna così forte e c'era qualcosa in lei che lo attirava sempre di più. Avrebbe voluto non aver mai fatto quello che aveva fatto, allontanarla. Accidenti, suo cugino era un uomo fortunato. "Beh, forse Jed non dovrebbe lasciarti sola in questo momento. Guardati, sul serio, qui fuori da sola". Persino lui si rendeva conto di quanto sembrava irragionevole.

"Sono incinta, Andy, non sono un'invalida", disse Diana. "Ho detto a Jed la stessa cosa. La vita va avanti. Lui ha un cavallo da allenare e noi abbiamo delle bollette da pagare. Ora, se per te è lo stesso, potresti aiutarmi a sellare Rossella, così possiamo iniziare a cercare prima che faccia buio?". "

In quel momento capì cosa stesse dicendo Diana. Osservò il cavallo e poi la pancia molto incinta di Diana. "Tu non vai da nessuna parte", disse. "Non salirai su un cavallo, incinta come sei. Vado a cercare Jed. Tu resta qui". Andy si stava già dirigendo verso la sua roulotte e stava sbloccando la porta. Condusse Ladystar fuori e la accompagnò a un'altra postazione vicino a Scarlett. Nel frattempo, Diana aveva gettato una coperta da sella su Rossella e si era avviata di nuovo verso l'interno della stalla.

"Diana, cosa stai facendo? ", esclamò. "Ho detto che

non verrai. Vado io a cercare Jed. Guardati, riesci a malapena a camminare. Vai in casa e aspetta. Metti i piedi in alto".

Diana non lo degnò di uno sguardo, mentre si infilava un'ampia felpa grigia sopra il maglione e si avvicinava alla sella.

"Fermati!", gridò. In due passi, lui era lì, con le mani sulla sella, prendendola prima che lei potesse sollevarla dai pioli su cui poggiava. "Diana, niente giochi del cazzo qui. Fermati. Tu non vieni".

La sua bocca era serrata e lei alzò gli occhi azzurri e stanchi verso di lui. "Beh, in realtà sì, verrò. Posso ancora cavalcare. Conosco i miei limiti, Andy, e Rossella è gentile. Non si spaventa. Non mi farò intimorire da te. Devo solo stare attenta. Non ho intenzione di stare qui a discutere con te, mentre mio marito è là fuori. È successo qualcosa. Potrebbe essere ferito o peggio...". La voce le si bloccò e, quando distolse lo sguardo, lui capì che era decisa a non piangere, ma le sfuggì una lacrima che scansò bruscamente, come se fosse arrabbiata con se stessa per averla lasciata cadere.

"Diana, stai mettendo a rischio il bambino di Jed salendo su quel cavallo", disse. "Posso muovermi molto più velocemente senza di te".

Lei stava già scuotendo la testa. "Allora puoi lasciarmi e andare avanti, ma io vado".

Andy si avvicinò alla cavalla e le gettò addosso la sella, riportando lo sguardo su Diana. "Jed mi ucciderà", disse sottovoce, ma sapeva che Diana aveva ragione: il tempo scorreva e Jed era in ritardo di sette ore. Diana si avvicinò, appoggiando la mano sul ventre gonfio. Si scrollò di nuovo i capelli dal viso per il vento.

"Ascoltami, Diana", disse. "Cavalca dietro di me, e

cavalca dove ti dico io e da nessun'altra parte. Andrai piano e con calma". Scosse la testa mentre osservava la moglie di suo cugino, una donna che si rendeva conto sarebbe andata dritta all'inferno per suo marito. Era il tipo di donna che avrebbe voluto fosse sua. Finì di sellare Rossella e prese le redini che Diana gli porgeva.

"Grazie, Andy".

"Sì, beh, non ringraziarmi ancora. Sei la moglie di Jed, non la mia, e conosco mio cugino abbastanza bene da sapere che quando ti vedrà a cavallo, con l'aspetto che hai, non sarà contento".

Se fosse stata sua, pensò Andy, non l'avrebbe mai lasciata avvicinare a un cavallo o fuori dal suo letto fino alla nascita del bambino. Ma non poteva dirlo a lei questo.

Guardò Diana prendere un cappello a tesa larga dal gancio e indossarlo, poi andare verso il cavallo che aveva sellato e sollevare il piede nella staffa. Mentre le metteva la mano addosso, toccandola e aiutandola a salire in sella, si rese conto che quella donna aveva una grande forza, ma anche una vena di testardaggine grande un miglio. Una volta che si era messa in testa una cosa, niente e nessuno poteva farle cambiare idea. Accidenti, suo cugino era davvero un uomo fortunato.

# CAPITOLO
# *Ventiquattro*

"Sei sicuro che sia venuto da questa parte?" la chiamò Andy , guidando Ladystar su uno stretto sentiero con una pesante boscaglia su entrambi i lati. Aveva perso le tracce di Jed quando erano arrivati alla diga dei castori e attraversarla era stato peggio di quanto si aspettasse. Erano in una fitta distesa di fango e l'acqua era troppo alta per lui. Andy aveva urlato più di una volta a Diana di tornare indietro perché la strada che stavano percorrendo stava diventando troppo pericolosa per lei.

Sapeva già che se fosse successo qualcosa a Diana, andare all'inferno sarebbe stata la pena più lieve che avrebbe ricevuto.

"Jed ha detto che oggi lo avrebbe portato attraverso la diga dei castori", spiegò Diana. "Sono passata di qui con Jed solo un paio di volte. Non ho mai dovuto preoccuparmi di lui a cavallo".

Il sole stava già tramontando e stare là fuori al buio non era l'ideale. Anche Andy non aveva mai dovuto preoccuparsi di qualcuno, come stava facendo con

Diana. Sapeva che con i cavalli succedono sempre cose imprevedibili.

"Come stai?"

Sapeva di averlo chiesto già una mezza dozzina di volte.

"Sto bene. Smettila di preoccuparti per me".

"Potresti anche dire: "Smetti di respirare", perché preoccuparmi per te è l'unica cosa che non smetterò di fare. Sei la moglie di Jed, molto incinta, e se cadessi da cavallo, Diana...".

"Smettila, Andy. Non lo dire nemmeno. Riesci a vedere qualche traccia? Continua a guardare. Dov'è?"

Scosse la testa. Nella luce calante era sempre più difficile vedere le tracce. Lui era bravo a cavallo, dannatamente bravo, ma le tracce erano qualcosa per cui era Jed ad avere un sesto senso, non lui. Frugò nella bisaccia, che conteneva un kit di pronto soccorso e una torcia elettrica. Tirò fuori quest'ultima e la accese sul terreno, conducendo il cavallo attraverso pesanti cespugli.

"Credo che Jed sia passato di qui", disse e guardò indietro per vedere Diana che teneva il corno della sella e si muoveva dietro di lui mentre lo spingeva. Era una strada nel mezzo del bosco ricoperta di ghiaia e terra. Gli sembrò di aver sentito qualcosa. Un orso, un lupo, un puma? Erano le ultime cose che voleva lì con Diana.

"Diana, stringi le briglie!"

Sapeva di averglielo detto detto in modo piuttosto brusco.

Poi, scorse un cavallo appena oltre i cespugli, sellato e al pascolo. Doveva essere lo stallone di Jed.

"Quello è Red!" Diana lo chiamò. "Andy, quello è il cavallo di Jed".

Se si era mai illuso che Diana non amasse Jed, la sua

speranza era stata dissipata. Si avvicinò lentamente allo stallone, osservandone le dimensioni. Red scosse la testa all'indietro dopo aver ingerito una boccata di erba.

"Piano, ragazzo", disse Andy, poi infilò la torcia nella bisaccia. Alzò una mano verso il cavallo, che era nervoso e con gli occhi selvaggi, mentre lui scendeva da Ladystar. "Piano. Diana, prendi le redini di Ladystar".

Le tese le redini del cavallo, sapendo che Red era a due secondi dal fuggire. E dove diavolo era Jed? Lei prese le redini e per un attimo lui colse tutto di lei: il modo in cui era seduta in sella, i capelli tirati indietro, con le ciocche che spuntavano ovunque da sotto il cappello a tesa larga, l'emozione negli occhi, il viso senza alcun accenno di trucco, fino ai vestiti, indossati più per comodità che per altro. Accidenti, era uno spettacolo bellissimo.

"Se tira o si blocca, lascialo andare", disse, poi si avvicinò con calma e lentamente a Red. "Piano, ragazzo", disse, poi prese le redini, ma ne penzolava solo una. L'altra era stata strappata via. Il cavallo strillò, un suono che attraversò Andy. Era inquietante avere a che fare con un cavallo così imprevedibile. I suoi occhi erano selvaggi, indietreggiò e tirò le redini, spaventato. "Tranquillo, ragazzo, non ti farò del male", mormorò Andy con dolcezza al cavallo spaventato, che nitrì di nuovo. *Uno stallone, sul serio, Jed? Che diavolo ti viene in mente?*

"Andy, dov'è Jed?" chiese inquieta Diana.

Andy ascoltò i suoni della foresta, senza sentire nulla. "Jed!", gridò, e il cavallo strillò di nuovo, con l'energia alle stelle. "Ehi, piano, ragazzaa". Andy si frugò con cautela in tasca e tirò fuori il cellulare. "Diana, qual è il numero di Jed?".

Red stava di nuovo tirando Andy. Il cavallo stava

diventando il tipo di problema che non poteva avere con Diana lì. Accidenti, avrebbe voluto che fosse a casa, ad aspettare, dove sarebbe dovuta rimanere.

Lei gli snocciolò il numero di Jed e lui lo compose, ma non squillò, partì la segreteria telefonica e il sistema automatico disse: "Questa casella è piena". Riattaccò e rimise il telefono in tasca, scuotendo la testa e vedendo la preoccupazione negli occhi di Diana che lo fissava. "Subito in segreteria, non ha nemmeno squillato, il che non ci aiuta a sentire dov'è. Quanti messaggi hai lasciato? La sua casella di posta è piena".

Diana chiuse gli occhi per un attimo e lui capì che aveva capito quello che stava dicendo. Era una donna intelligente, perspicace. Non aveva bisogno di spiegazioni. "Andy, e se Jed fosse ferito da qualche parte?", disse lei. "È quasi buio. Dobbiamo trovarlo".

Lo stallone cercò di indietreggiare, con il fango a metà delle gambe. Red era giovane, vivace e spaventato. Andy lo sentiva tremare, con il cuore che batteva così forte che avrebbe potuto scappare da un momento all'altro. Poi lo vide: uno squarcio sul fianco del cavallo, con sangue secco.

"Andy, dobbiamo continuare a cercare! "

Si stava facendo buio e Diana stava rapidamente diventando una sagoma accanto a lui. Raggiunse le redini di Ladystar, che appariva incerta a causa dello stallone.

"Lo farò, ma non con te, Diana", disse. "Dobbiamo tornare indietro e mandare una squadra di ricerca qui fuori, iniziando alle prime luci dell'alba".

Ladystar ballò un po' e urtò Rossella, e Diana afferrò il corno della sella più forte.

"Piano, ragazza", cominciò. Si avvicinò e tirò la

briglia a Red, poi disse: "Vai", e lo stallone prese la direzione opposta.

"Andy, quello è il cavallo di Jed! Cosa stai facendo?"

Risalì in sella a Ladystar. "Lui starà bene qui fuori, ma tu no. Posso tornare fuori a cercarlo dopo che avremo chiamato aiuto per trovare Jed".

Lei scuoteva la testa. "Siamo arrivati fin qui, Andy. Non ho intenzione di tornare indietro. Dobbiamo continuare a cercare. Quanto può essere lontano da qui e da dove abbiamo trovato Red?". Socchiuse gli occhi nell'oscurità e sembrò che le mancasse il fiato.

Rifletté su quanto dire. "Sei un'adulta, Diana. La verità è che Red può aver corso per molto tempo. Ha un taglio e le gambe sono coperte di fango. I cavalli possono coprire una lunga distanza in poco tempo".

Diana girò la testa, guardando ancora nell'oscurità. "Stiamo perdendo tempo, Andy", disse prima di sollevare le redini e spingere Rossella a camminare. "So che c'è un prato non lontano da qui, vicino alla strada di disboscamento, di cui parla spesso Jed. È un posto dove porta i suoi gruppi a cavallo. C'è un lago lassù, un ottimo posto per accamparsi".

Andy conosceva bene quella zona, anche i punti in cui Jed andava a portare i suoi gruppi, i principianti e quelli che si dedicavano alla sfida. Ma le temperature primaverili scendevano ancora vicino allo zero non appena il sole tramontava. Il respiro gli si appannò. Annuì. "Resta dietro di me, Diana. Dove va il mio cavallo, vai tu. Tieni d'occhio gli zoccoli del mio cavallo. È ferrata, quindi se passa su qualche roccia, ci saranno delle scintille".

Raggiunsero la cima della strada forestale e si diressero a destra lungo lo stretto sentiero. Il buio non lo aveva mai disturbato, ma quella sera era diverso. Tutto poteva andare storto. Il cavallo di Diana nitrì, Andy diede un calcio a Ladystar e la girò, raggiungendo le redini di Rossella.

"Maledizione!", disse. "Sapevo che era una pessima idea. Ti reggi a malapena in piedi, quindi non insistere, Diana, perché se decido di girarci e tornare indietro, ci sarà poco da fare. No, non possiamo stare qui fuori tutta la notte. Ti farai male. Ti riporto indietro", urlò.

Poi gli sembrò di aver sentito qualcosa.

"Andy, hai sentito? Shh, ascolta".

Ora teneva le redini e girò la testa. "Jed!" gridò, poi lo sentì di nuovo a destra.

"Da questa parte! "

Santo cielo! Era Jed.

"Jed!" Diana gridò. "Andy, quello è Jed! "

"Jed, continua a gridare, così ti trovo", urlò Andy, trascinandosi dietro il cavallo di Diana e non lasciandole le redini.

"Da questa parte! "

Era così vicino e la voce di Jed non era più confusa, ma sembrava spenta. Andy tenne le redini in una mano e con l'altra accese la torcia. Era lì, appoggiato a un albero, forse una trentina di metri più avanti, con indosso solo una camicia a maniche lunghe e seduto in modo goffo. Non era sicuro se avesse del sangue o della sporcizia sul lato del viso.

"Jed, sei ferito!". Diana urlò e si sforzò di abbassarsi.

Andy saltò a terra e l'afferrò, sollevandola dalla sella, e si affrettò ad aggirare Rossella per raggiungere Jed, che non si muoveva. Si inginocchiò accanto a lui.

"Quanto è grave?", chiese lei, mettendogli la mano addosso.

Andy legò entrambi i cavalli a un albero e si precipitò verso Jed, che gli lanciò uno sguardo duro e assassino. Si avvicinò a Jed con cautela, con la torcia che gli sfarfallava addosso. Socchiuse gli occhi alla luce, e ad Andy non sfuggì che faticava a respirare.

"Che diavolo ci fa mia moglie qui fuori e a cavallo? ", chiese. "Sei impazzita, Diana, a salire su un cavallo proprio adesso?". Faceva fatica a parlare, respirava male e aveva un taglio sul lato della testa.

Andy si accucciò accanto a lui. "Potrai uccidermi dopo che ti avremo portato via da qui", disse. "Sei messo malino, questo è certo". Gli ci volle un secondo per elaborare il sollievo incontenibile che gli avevano procurato trovarlo.

"Nessuno ucciderà nessuno, Jed", disse Diana piuttosto bruscamente. "Credi che non ti avrei dato la caccia? A mezzogiorno, Jed! Hai detto che saresti tornato a mezzogiorno. Dov'è il tuo dannato cellulare? Ho chiamato e chiamato...". Lei gli mise una mano addosso e gli diede un bacio sul lato della testa. "Ti sanguina la testa". Lo baciò di nuovo e si asciugò una lacrima dall'occhio.

"È solo un taglio", disse Jed. "Andrà tutto bene. Ehi, piccola, va tutto bene. Non riuscivo a trovare il mio telefono, seduto qui dopo che quel maledetto cavallo mi ha disarcionato. Probabilmente mi è caduto dalla tasca. Un'orsa nera e i suoi cuccioli mi hanno colto di sorpresa e lui si è impennato. Non venivo disarcionato da quando ero bambino. Hai chiamato Andy?".

Vedere Jed e Diana da lontano gli era sembrato così diverso da come gli era sembrato un tempo. Aveva visto l'amore che li univa e lo aveva toccato, lasciandolo, per un momento, sentire così dannatamente solo.

"Non sapevo chi altro chiamare", replicò lei. "Una squadra di ricerca sarebbe stata la mia prossima scelta".

Andy illuminò con la sua torcia il taglio sulla testa di Jed. "Quanto forte hai sbattuto la testa? Sembra profondo, ha fatto un bel casino in faccia". Notò come Jed si appoggiasse pesantemente all'albero e la strana angolazione della gamba destra. "È rotta?" chiese. Due rami giacevano lì vicino con lunghe strisce di corteccia staccate, come se Jed avesse cercato di fissare una stecca. Certo che sì, e probabilmente avrebbe trovato un modo per camminare prima o poi. Jed era guidato da un tipo di grinta che pochi hanno.

"Sì, fa un male cane", disse Jed in modo brusco.

"Hai qualcos'altro di rotto?" chiese Andy con voce insolitamente calma, appoggiando una mano sulla spalla di Jed.

"Sì, sono sicuro di essermi rotto una costola".

Andy si lasciò sfuggire una risata sguaiata, poi si passò il dorso della mano sulla fronte. "Diana, prendi la torcia", disse e gliela porse.

Jed trasalì quando Diana gli massaggiò la spalla. Poi, lei prese la torcia e Andy tirò fuori il cellulare.

"Nessun servizio", disse, lasciando che il suo sguardo si soffermasse su Diana. Lei si limitò a scuotere la testa. Jed sembrava più consapevole della gravità della situazione, ma almeno lo avevano trovato.

"Come faremo a portarlo fuori di qui con una gamba rotta?" chiese Diana.

Andy aveva pensato ai casi migliori e peggiori, considerando il buio, il fatto che non avevano il fuoco acceso e che le ferite di Jed potevano essere peggiori di una semplice costola e di una gamba rotta. Un polmone perforato e un trauma cranico erano solo due possibilità che aveva preso in considerazione.

"C'è dell'acqua nella bisaccia?", chiese lei, guardandolo dritto negli occhi.

Andy annuì. "Sì, un paio di bottiglie".

Non aspettò, si alzò in piedi a fatica e fece luce davanti a sé sui cavalli.

"Vorrei che non l'avessi portata", disse Jed. "L'unica cosa che mi dava un po' di pace era sapere che Diana era al sicuro a casa. Non dovrebbe essere a cavallo, Andy. È troppo incinta. "

"Credi che non abbia cercato di fermarla?". Lui scosse la testa. "L'ho fatto, ma lei si è rifiutata e stava per sellare Scarlett stessa se non l'avessi fatto. Mi avrebbe seguito e sarebbe rimasta qui da sola. Pensaci. È tua moglie ed è dannatamente testarda. Oh, e abbiamo trovato il tuo cavallo. Cosa pensavi di fare con quello stallone? L'ho lasciato andare. Era troppo pericoloso averlo intorno a Diana. Posso tornare a cercarlo domani. Starà bene".

Jed imprecò sottovoce, poi diede una pacca sul braccio di Andy. "Credo di essere in debito con te".

Andy sospirò. "Sì, beh, possiamo discutere di chi deve a chi e che cosa in un altro momento. Mi dispiace dirlo, ma la cosa migliore sarebbe che io andassi a cercare aiuto. Posso andare più veloce da solo, ma non voglio lasciarvi qui. Se ti stecco la gamba, pensi di poterti sedere in sella?".

Jed si accigliò. Andy sapeva che suo cugino non l'avrebbe mai ammesso se non avesse potuto. La torcia sfarfallava su di lui mentre Diana tornava, inginocchiandosi di nuovo accanto a lui, e lo sguardo di Jed andò dritto a lei. "Il giorno in cui non potrò più sedermi su una sella sarà il giorno in cui getterai della terra sulla mia tomba", disse.

"Non parlare così". Diana svitò la bottiglia d'acqua e gliela portò alle labbra. "Dai, bevi".

Jed inghiottì un po' d'acqua, poi tossì e ne sputò un po'. Diana estrasse un fazzoletto dalla tasca della giacca a vento che indossava, vi versò dell'acqua e pulì il viso di Jed da un po' di sangue secco. Andy non si aspettava che fosse così calma.

"Jed, mettiti questo. Fa freddo qui fuori". Diana si sfilò la calzamaglia, ma Jed teneva la già mano alzata.

"No, Diana, rimettilo. Starò bene. Sono stato fuori in condizioni peggiori. Devi stare al caldo, per il bambino".

Andy si alzò, cercando di capire come avrebbe fatto a far montare in sella Jed. Si avvicinò a Ladystar nel buio, sentendo il botta e risposta tra Jed e Diana. Le parole gli sfuggivano, ma riusciva a percepire l'amore che ognuno di loro provava per l'altro. Slegò la coperta dietro la sella, tirò fuori la cassetta di pronto soccorso e tornò verso Jed e Diana, dando un calcio ai bastoni per terra, poi si accovacciò di nuovo e aprì la cerniera per tirare fuori un rotolo di bende elastiche al tensore e garze arrotolate.

"Jed, sono così arrabbiata con te", disse Diana. "Mi hai spaventato a morte. Non uscirai più da solo con quello stallone. Avresti potuto restare ucciso, e poi cosa avrei fatto senza di te? Se morissi, non ti perdonerei! "

Andy cominciava a sentirsi un terzo incomodo mentre Diana tamponava il taglio sulla fronte di Jed un po' più forte del necessario. Lui trasalì.

"Ahi, Diana, calmati". Jed le afferrò il braccio, trattenendola, e di nuovo lei si chinò, con la testa contro la sua. Jed si sforzò di metterle il braccio intorno alle spalle, facendole cadere il cappello mentre si chinava e le dava un bacio sui capelli scompigliati.

"Ok, scusate se vi interrompo", disse Andy. "Diana, Jed, finiamo questa storia e andiamo all'ospedale. Diana, ho bisogno del tuo aiuto". Lui scosse la coperta e lei già annuiva. "Mettiamola intorno a te, Jed, per riscaldarti".

Diana era in ginocchio e aiutava Jed a sedersi in avanti. Sibilò, soffrendo molto più di quanto avesse mai lasciato intendere, mentre Andy gli drappeggiava la coperta intorno alle spalle e poi raccoglieva i due bastoni. Poteva vedere la frattura anche attraverso i jeans di Jed. Era grave, appena sotto il ginocchio. Andy non aveva bisogno di dire nulla su quanto avrebbe fatto male. Perle di sudore coprivano la fronte di Jed, mescolate al sangue secco.

Diana teneva in mano la torcia e ad Andy non sfuggì l'accenno di paura nell'espressione di Jed che disse: "Stai rendendo tutto questo dannatamente doloroso. Sbrigati, per l'amor del cielo."

Andy strappò delle strisce dalla garza e le fece scivolare sotto la gamba di Jed. "Vuoi un bastone da mordere? Perché ho appena finito i proiettili. "

"Fallo e basta".

Andy prese i due bastoni. Ce n'era anche un terzo, ma era troppo grande. Ne mise uno per lato sopra la garza e guardò gli occhi spalancati di Diana, che riuscì appena a distinguere nella penombra, mentre poggiava le mani sulle spalle di Jed. Accidenti, era sconvolta.

Andy annuì. "Guardami, Jed. Sai che ti farà male, ma sarà solo un attimo e poi ce ne andremo da qui", disse, poi tirò con forza, legando, e non si fermò nemmeno quando il cugino urlò e si tese, combattendo una guerra per rimanere fermo. Fece l'ultimo dei cinque nodi, meglio di niente. Jed sembrava svuotato mentre si afflosciava contro l'albero, prossimo a svenire. "Ascolta, Jed. Ti porterò su Ladystar. Vuoi che ti leghi?".

"No, diamine. Posso stare benissimo seduto. Basta che mi metti su di lei", disse, ma Andy non ne era così sicuro.

"Diana, dopo aver fatto salire Jed sul mio cavallo, ti farò salire sul tuo e poi vi condurrò entrambi giù. Sarà una cosa lenta, ma non appena saremo a portata di cellulare, chiamerò i soccorsi".

Lei annuì, riconoscente, stringendosi a Jed.

"Jed, metti il braccio intorno alla mia spalla", disse Andy e si chinò, poi in qualche modo sollevò Jed, che urlava e imprecava. La luce della torcia tremolava sul terreno davanti a lui mentre portava Jed, che saltellava sull'altro piede, verso Ladystar. "Appoggiati a me, ma metti l'altro piede nella staffa". Accidenti, suo cugino era pesante!

"Cazzo", disse ancora Jed, poi per poco non finì di lato.

Andy lo afferrò, tenendolo fermo, con la gamba steccata che penzolava. Non aveva bisogno di luce per vedere l'agonia di Jed. Si avvicinò a lui con la mano e tenne la voce bassa per non farsi sentire da Diana. "Tieni il corno con entrambe le mani. Essere orgogliosi è una cosa, essere stupidi è un'altra".

Jed si limitò ad annuire.

Andy gli batté il braccio. "Lascia che faccia sedere Diana e poi ce ne andiamo. Se pensi di svenire, fammelo sapere".

"Smettila di parlare così tanto. Andiamo", esclamò Jed mentre cercava di respirare.

Andy prese la torcia da Diana, che aveva di nuovo il cappello a tesa larga indosso. "Tocca a te".

Lei aveva già il piede nella staffa e si stava tirando su. Andy le mise una mano addosso, spingendola in alto, e poi lei si mise a sedere, raggiungendo le redini.

"Che ne dici se io li prendo entrambi e tu li tieni?", disse.

Scosse la testa. "No, sto bene. Posso seguirti. Hai già abbastanza da fare per condurre mio marito a cavallo e portarci via da qui".

"Diana..." Jed iniziò.

Andy mise la mano sulla sella di Diana, accanto alla sua gamba. "È buio", disse. "Qui c'è ogni genere di cose, soprattutto i puma, che cacciano di notte".

"Lo so, Andy, ma hai solo due mani, una per la torcia e una per guidare Ladystar. Andiamo".

Proprio ora si rammaricò di non aveva portato con sé una corda per le redini e una cavezza! Avrebbe reso tutto più facile, ma lui sapeva quanto Diana avesse ragione.

"Rimani dietro di me", le disse. "Se si spaventa, si tirano le redini e le si girano intorno".

Lei annuiva. "So cosa fare, Andy".

Jed non disse nulla e Andy puntò la torcia a terra. Suo cugino era chinato sul corno della sella, tenendolo stretto tra le mani.

"Pronto?", disse. "Non sarà una cosa comoda".

Jed si limitò ad annuire.

"Andiamo! "Andy lo chiamò a gran voce, non solo per Jed, ma anche per spaventare qualsiasi cosa al buio che potesse ferire o spaventare i cavalli e diventare un ulteriore problema di cui non voleva occuparsi.

Erano a metà strada nel nero della notte. Andy si era

fermato più di una volta perché la foresta scura e ombrosa non aveva lo stesso aspetto che aveva alla luce del giorno. Aveva ascoltato la voce calmante di Diana, il modo in cui parlava a Jed, che aveva grugnito solo nell'ultimo tratto. Poi sentì Diana sibilare.

"Stai bene là dietro? ", esclamò.

"Oh no", disse Diana a bassa voce.

"Diana, cosa c'è che non va?". Jed sembrava debole.

Nel secondo che trascorse senza che Diana dicesse nulla, Andy le puntò addosso la torcia. Lei era piegata in avanti e lui pensò che stesse trasalendo. L'istinto lo spinse a prendere le redini e a girare Ladystar.

"Diana, cosa c'è che non va?", urlò.

La donna emise un respiro affannoso. "Credo di essere in travaglio".

"Cosa?"

Non era sicuro se fosse stato Jed o lui a gridarlo. Osservò l'oscurità della foresta. Non era possibile che stesse per partorire là fuori. Questo era sicuramente lo scenario peggiore a cui Andy non aveva minimamente pensato. Andy tenne entrambe le redini e infilò la torcia sotto il braccio, poi tirò fuori il cellulare dalla tasca. Non c'era ancora campo.

"Come puoi essere in travaglio? Il bambino non nascerà prima di una settimana", esclamò Jed.

"Diana, puoi resistere?" Andy urlò. "Non c'è ancora campo". Si infilò di nuovo il cellulare in tasca. "Dobbiamo muoverci".

Lei annuì. "Vai e basta", esclamò, e lui capì quanto fosse a disagio.

"Forza, ragazzi, andiamo", disse ai cavalli, guidandoli entrambi e accelerando il passo. Velocemente si ritrovarono sulla vecchia strada forestale e lui tirò fuori di nuovo il telefono, vedendo due tacche. Il sollievo che provò in quell'istante lo portò a ringraziare silenziosamente l'universo. Compose il numero di emergenza e sentì lo squillo.

"Nove uno uno, qual è l'emergenza? " chiese la persona all'altro capo, e Andy sapeva che i soccorsi sarebbero arrivati presto.

# CAPITOLO
# *Venticinque*

"Sei sicuro che puoi uscire dall'ospedale così presto?" chiese Andy. Era in piedi appena dentro la porta, con le mani infilate nelle tasche della sua giacca a vento nera, mentre fuori scendeva la pioggia. Non poteva stare nell'angusto soggiorno di Jed, con una culla nell'angolo, un'altalena per bambini e pile di regali per bambini che metà degli abitanti della città aveva inviato, senza pensare a cosa fosse successo solo qualche giorno prima.

Jed era sul divano, con la gamba destra ingessata, appoggiata sul tavolo graffiato che sembrava uscito dalla sua stalla. Aveva tre punti di sutura sulla fronte e una costola rotta che, come aveva detto il medico, per fortuna non gli aveva perforato il polmone. Fissava il figlio appena nato con un'espressione quasi magica.

"Pensi che lascerò che Diana torni a casa senza di me? ", chiese. "Sto bene. Ho quel bastone che mi aiuta a muovermi e la mamma sta arrivando per aiutarmi finché non mi rimetto in piedi. Papà ha detto che si accamperanno in uno dei miei bungalow, visto che questo posto non è abbastanza grande, ma non so quanto durerà, visto che i bungalow non hanno ancora il riscaldamento e non c'è molto da fare".

Nemmeno Diana si muoveva così velocemente, ma del resto Andy non riusciva a credere che fossero entrambi a casa, considerando che erano passati solo pochi giorni da quando aveva visto le luci lampeggianti dell'ambulanza alla fine della strada di servizio. Si chiese se loro due avessero idea di quanto si fosse spaventato.

"Jed, avremo bisogno di una casa più grande solo per questi regali", disse Diana. "Vuoi guardare tutti questi vestiti? L'unico modo in cui Danny può indossarli tutti è che io lo cambi tre volte al giorno". Aveva i capelli tirati indietro e indossava ancora abiti premaman quando si sedette accanto a Jed sul divano. L'immagine dell'amore scorreva tra loro e lo stupore per la nuova vita li invadeva. "Andy, vuoi un caffè?".

"No", rispose lui. "Grazie, Diana, ma devo andare. Volevo solo passare a controllare voi due, per cercare di convincervi a venire a stare da me. Sapete che Caroline e Todd sono via in questo momento. Todd è da qualche parte nei Caraibi, credo, e Caroline è in quella casa che ha nel sud della Francia. Sono solo io a vagare per quella vecchia casa e mi sento solo. Mi farebbe comodo un po' di compagnia e un po' di aiuto finché non vi sarete rimessi in sesto...". Smise di parlare perché sembrava così sciocco mentre lo diceva.

"Grazie per l'offerta, Andy, ma qui siamo a posto". Jed alzò lo sguardo su di lui e non era sicuro di cosa stesse pensando suo cugino. Diana lasciò che il suo sguardo si soffermasse sul marito e Andy soffrì perché non aveva mai pensato che una donna potesse amare un uomo in quel modo.

"Diana e io volevamo ringraziarti, Andy, per aver mandato i tuoi stallieri a occuparsi delle faccende e dei cavalli", disse Jed. "È un grosso peso in meno per me. E credo di non averti mai ringraziato davvero per avermi trovato, per tutto quello che hai fatto".

Diana appoggiò la mano sul braccio di Jed. "Hai detto che glielo avresti chiesto". Diede una gomitata a Jed e fece scivolare la mano sul loro figlio appena nato, sulle sue dita, sulle sue gambe. Andy si sentiva così dannatamente a disagio, cercando di capire a cosa stessero pensando.

"Ci stavo arrivando", disse Jed, poi sollevò di nuovo lo sguardo su Andy, rivelando il livido sul lato della testa e un altro graffio sulla guancia. "Io e Diana volevamo chiederti se vorresti essere il padrino di Danny".

Andy non era sicuro di aver sentito bene.

"Lo abbiamo anche chiamato Daniel Anderson Friessen", disse Diana, sollevando lo sguardo su di lui. "Se non fosse stato per te, Andy, non vorrei pensare a cosa sarebbe potuto accadere".

"Gli hai dato il mio nome? " chiese Andy. "Wow, non so cosa dire. Grazie. Mi piacerebbe molto essere il padrino di questo bambino". Non sapeva da dove provenisse la stretta al petto. Si riversò su di lui e dovette guardare oltre Jed e Diana, fuori dalla finestra, verso il vecchio fienile e il telo che teneva lontana la pioggia. "Siete sicuri di stare bene?".

Diana gli rivolse un tenero sorriso, mentre Jed disse: "Siamo a posto, Andy. Grazie ancora per essere venuto a cercarmi e per esserti preso cura di mia moglie".

Andy si limitò a inclinare la testa, poi aprì la porta e uscì sul gradino improvvisato sotto la pioggia. Richiuse la porta e si prese un secondo per assimilare tutto quello che era successo negli ultimi due giorni. Fuori dal pronto soccorso dell'ospedale dove avevano sistemato la gamba di Jed, ad Andy era stato detto che il battito del bambino era rallentato e il ginecologo di turno aveva portato Diana a fare un cesareo d'urgenza. Aveva fatto avanti e indietro da Jed al pronto soccorso a Diana nel reparto maternità, facendo tutto il possibile per rimediare a tutte le scelte sbagliate che aveva fatto fino a quel momento.

Sotto la pioggia battente, si diresse verso il suo pick-up. Red, il giovane stallone, veniva condotto nella stalla da uno degli stallieri che aveva mandato, e sapeva che il veterinario era stato lì quella mattina. Era stato solo il giorno prima che lo stallone aveva trovato la strada di casa.

Andy si voltò verso la semplice casa fatiscente, una proprietà che aveva bisogno di molti lavori, ma l'amore che vi si trovava era più grande di quanto potesse immaginare. Si mise al volante del suo pick-up e tornò verso la città. La pioggia si era attenuata e lui pensava alla grande, lussuosa casa vuota in cui sarebbe tornato lui.

Quella mattina aveva parlato con suo padre dicendogli di stare alla larga dalla sorella di Pete, ma Todd si era limitato a ridere. Andy strinse il volante, chiedendosi per la prima volta come sarebbe stata la sua vita se non avesse sempre pulito dopo che Todd Friessen era passato a fare ciò che voleva. Forse anche per questo invidiava Jed.

Mentre si fermava al semaforo della città, non sapeva cosa lo avesse spinto a guardare verso il negozio di alimentari all'angolo. Lì c'era la cameriera bionda e magra che aveva rotto quel brutto vaso in casa sua. Teneva in mano una busta di plastica, i capelli lunghi e sciolti, e teneva la mano di un bambino. Come si chiamava? Laura? Aprì per lei la portiera posteriore di una vecchia Volvo scassata con il parafango arrugginito e aiutò il bambino a salire. Quando lei gli rivolse uno sguardo, lui si chiese se lo avesse riconosciuto. Non sorrise e non salutò. Si avvicinò semplicemente al bambino e gli allacciò le cinture al sedile posteriore, poi salì in macchina e se ne andò.

Il clacson di un'auto suonò, svegliando Andy, che si rese conto che il semaforo era verde. Proseguì verso casa, certo di una sola cosa: per lui qualcosa era cambiato.

## La storia continua in... Il risveglio

(ANDY E LAURA)

**Una giovane donna che ha perso tutto e il ricco allevatore che deve scegliere tra il potere della sua famiglia e la sua coscienza che lo spinge ad aiutarla.**

*-È una storia incredibile! La disperazione e la gentilezza altrui hanno dato a questa storia un significato reale... Down2earth Girl*

*-Storia ben scritta sul superamento dello stigma della differenza tra classi! Una storia d'amore che mi ha tenuta incollata alle pagine per vedere se sarebbe andata come speravo!... Bartow*

*- "L'autrice ha dato vita a una storia che è fin troppo spesso proprio davanti ai nostri occhi, ma che siamo troppo occupati per vedere." -Grammy*

Ne Il risveglio, Laura, una giovane madre single, arriva a stento a fine mese lavorando come cameriera nella tenuta dei Friessen. Finché un giorno viene licenziata, il giorno dopo sfrattata e due giorni dopo privata di suo figlio.

Il facoltoso allevatore Andy Friessen può avere qualsiasi donna desideri, ma quando Laura viene licenziata da sua madre per qualcosa di cui è lui il vero responsabile, beh, la sua coscienza ha la meglio e interviene per aiutarla. Il problema è che, quando va a cercare Laura, non solo scopre che sta vivendo in auto, ma anche che lo stato le ha portato via suo figlio.

Andy le sta accanto durante un fallimento davanti alla giustizia, e devono combattere insieme per riguadagnare la custodia del piccolo.

# *Leggi un estratto da Il risveglio*

"Porta questo orribile albero fuori di qui!" urlò Andy, entrando nervoso nella grande biblioteca, con gli stivali di pelle scura che a malapena facevano rumore sul lussuoso tappeto scarlatto, e raggiunse la sua grande scrivania di mogano. La biblioteca era il suo dominio, il fiore all'occhiello della villa dei Friessen. Era una stanza dal tocco maschile, piena di sfumature marroni e rosse, legno scuro, sedie di pelle, dipinti a olio che valevano più della tenuta stessa; uno spazio che Andy aveva scelto come suo ufficio.

"Signore, sua madre ha ordinato questo albero e ha lasciato istruzioni affinché venisse sistemato e decorato proprio in questa stanza" rispose Laura, una giovanissima cameriera bionda, senza alzare gli occhi verso di lui. Strinse le morbide labbra rosse e continuò ad appendere ornamenti verde sgargiante sul vivace albero bianco.

Andy fece scivolare la sua grande mano sotto un ramo dell'abete di Douglas. "Non sapevo che gli abeti diventassero bianchi. Lo avete fatto tingere?"

Questa volta, la cameriera posò i suoi occhi verde mare su Andy; aveva indosso la sua brutta divisa che sembrava un sacco di grano, sotto al quale lui riusciva solo a immaginare una corporatura esile. Era l'abito più sgradevole che esistesse, con un colletto inamidato e abbottonato fino al mento. E, ovvio, essendo lui, non poté fare a meno di chiedersi come le sarebbe stato qualcosa di corto, sexy e nero. Magari qualcosa che le si adattasse come una seconda pelle e mostrasse il petto generoso che era sicuro fosse sepolto sotto quella rigida stoffa nera.

Forse la ragazza aveva intuito dove era andata a parare la sua mente, perché il volto le si colorò e gli occhi si assottigliarono in strette fessure. "Sua madre si è assicurata che tutti gli alberi venissero colorati in modo specifico per ogni stanza. Quello in salotto, sarà felice di saperlo, è verde." Distolse lo sguardo e cominciò a strappare gli ornamenti e gli aghi di pino che caddero sul tappeto rosso sangue, l'unica cosa in quella casa sulla quale aveva avuto voce in capitolo.

"Quindi, Laura, non è vero?" Andy non sapeva cosa fosse, ma qualcosa di quella ragazza, che lavorava nella sua casa dalla primavera, lo stuzzicava da quando l'aveva vista per la prima volta rannicchiata e pietrificata nel corridoio, il giorno in cui Jed era scomparso. Suo cugino, a cui voleva un bene profondo, era sposato con Diana, una donna che lo perseguitava nei sogni ma che non sarebbe mai stata sua. Andy e Diana avevano collaborato per trovare Jed quando si era ferito ed era stato disarcionato dallo stallone che stava allenando a Blue Meadow, e Diana aveva fatto la sua parte nel creare tensione, entrando in travaglio e dando alla luce il loro bambino, Danny, figlioccio di Andy, quella stessa notte.

Qualche giorno dopo aveva visto Laura in città, con per mano un bambino, e da allora si era chiesto chi fosse. Non sembrava abbastanza vecchia da avere figli, dato che dava l'impressione di essere fresca di liceo. Ma, ancora una volta, non glielo aveva mai chiesto, perché lui, a differenza di suo padre, non dava confidenza allo staff, soprattutto alle cameriere giovani e carine che lavoravano per lui, perché non si faceva. Era moralmente sbagliato, e stava facendo fatica a ricordare quale fosse l'altra ragione. Ah, sì, le molestie sessuali.

"Sì?" La ragazza lo stava fissando con quei suoi grandi occhi verdi. Avrebbe giurato che avessero pagliuzze dorate, che illuminavano la sua pallida pelle setosa. Non aveva un filo di trucco ma, del resto, non ne aveva bisogno. Aveva una pelle morbida che implorava solo di essere toccata e, in tutta franchezza, Andy era stanco di tutte quelle donne che si impiastravano con chili di trucco, come indossassero una maschera, solo per montare in macchina e andare a fare shopping.

"Scusa, sono un po' distratto nell'ultimo periodo. Mi stavo chiedendo come stanno andando le cose, se ti trattano bene. Ti piace lavorare qui?"

Dannazione, non era quello che voleva davvero sapere ma, di nuovo, doveva ricordarsi che lei lavorava per lui, per la sua famiglia. Mentre ci pensava, non sapeva chi l'avesse assunta, ma il consistente staff in casa e nei campi veniva di solito gestito da Jules, la governante capo, una donna anziana e grassoccia che era con la famiglia da quando Andy portava il pannolino. Andy si chiese anche se le linee profonde sul viso di Jules e il grigio fitto dei suoi capelli fossero il risultato del suo comportamento e degli scherzi di cattivo gusto che le aveva fatto da piccolo.

Laura abbassò lo sguardo di nuovo, con le guance che le si tingevano di un accenno di rosa mentre incartava gli ornamenti. "Va tutto bene, signore." Lo disse brusca e continuò come se cercasse di ignorarlo, e questo lo irritò. Lavorava per lui. Avrebbe dovuto dargli tutta la sua fottuta attenzione; decise di risolvere subito quella questione.

"Lavori per me. Quindi, quando ti chiedo qualcosa, mi aspetto di ricevere la tua attenzione e una risposta sincera" ringhiò.

Il volto le si tinse di rosso vivo e lo guardò con diffidenza. Andy, con la sua astuzia, non si fece sfuggire l'accenno di disprezzo che quella donna stava cercando in tutti i modi di nascondere, ma era un pessimo tentativo.

"Ha ragione su una cosa: lavoro per lei, ma non sono una sua proprietà, né mi conosce abbastanza bene da dire se le ho dato una risposta sincera. Quindi, ripeto, va tutto bene, signore" rispose lei con tono asettico. Questa volta, non distolse lo sguardo e continuò ad arrossire con ferocia, fissandolo con labbra contratte e appena tremanti. "Se è tutto, signore, finirò di togliere questi ornamenti, così potrò portare l'albero fuori di qui." Di nuovo, lo fissò con quei suoi occhi verdi, che ricordavano una strega molto attraente, una che non gli sarebbe dispiaciuto conoscere un po' meglio.

Andy mise giù le braccia che aveva incrociate e andò alla sua scrivania, tirò fuori la sedia di pelle e si sedette. Appoggiò entrambi gli stivali sul ripiano in legno lucido, incrociò le gambe alle caviglie e la osservò, intrecciando le dita dietro la testa. Lei sembrò sorpresa e spalancò gli occhi; forse si aspettava che se ne andasse.

"Continua" disse solo.

Lei si concesse un momento per ricomporsi e poi

riprese a strappare gli ornamenti dai rami, come se le stesse prendendo il tempo. Gli aghi di pino volavano dappertutto. Aveva fretta, d'accordo, non solo di finire, ma anche di allontanarsi da lui.

Quando si chinò in avanti, con quella orribile uniforme, l'abito le si alzò sulle cosce e lui poté apprezzare le sue gambe ben tornite. Era minuta, con la testa non gli sarebbe arrivata alle spalle... ed era anche nervosa da morire. La vedeva tremare. Non era evidente, ma riusciva ad avvertirlo, proprio come si rendeva conto che non era per niente concentrata su quel povero albero. Stava solo strappando quei dannati ornamenti da quella roba pacchiana il più veloce possibile, e non aveva dubbi che si sarebbe dileguata appena tolto l'ultimo. In tutta la sua vita, non aveva mai visto una donna scappare da lui. Questo lo intrigava, o lo avrebbe fatto, se non si fosse sentito così irritato perché ne era disturbato. Le donne non facevano così, non con Andy Friessen. Le donne trovavano scuse ridicole pur di passare del tempo intorno a lui. In città, al negozio, facendo cadere un oggetto, una borsa, un portafoglio: una donna si era persino sbottonata la camicetta, per esporre una generosa quantità di pelle, quasi indecente, prima di attraversare nella sua direzione, ancheggiando a più non posso a ogni passo. Non aveva mai avuto problemi a trovare una donna, in nessuna occasione. Il fatto era che la maggior parte di loro lo annoiava a morte, tranne Diana, la moglie di suo cugino. Ma lei non sarebbe mai stata sua.

"Oh, no!"

Era così assorto nei suoi pensieri, che aveva solo intravisto Laura urtare la testa contro l'albero di Natale bianco, che era schiantato a terra, con i suoi quasi quattro metri di aghi di abete colorati. Un fruscio e lo stridore del legno, poi qualcosa sbatté forte e del vetro andò in frantumi.

Andy saltò su, mise giù con forza i piedi sullo spesso tappeto e corse attorno alla scrivania. Laura era intrecciata nell'albero. Le si era alzato il vestito, scoprendole l'elastico delle mutandine da signora di una certa età. L'unica cosa che Andy pensò fu che erano sprecate su un sedere così bello e tondo.

"Stai bene?" Andy si chinò e la sollevò come se fosse una bambina, mettendola a sedere sopra alla scrivania.

"Signor Friessen, cosa sta succedendo qui dentro?" Jules, la governante più anziana, brizzolata e grassoccia che gestiva la tenuta, si precipitò nella biblioteca, ma si fermò alla vista dell'albero smantellato. Si batté le mani sulle guance paffute con uno schiocco e urlò. Ornamenti in mille pezzi, frammenti di aghi di abete e rami spezzati erano adesso sparpagliati sul lussuoso tappeto rosso e sul divano. L'enorme albero aveva rovesciato una delle sedie di pelle e il bancone da bar che era stato spostato dall'altra parte della stanza per fargli spazio. Decanter e bottiglie di liquore giacevano su un fianco, il vetro era in frantumi e il liquore si era rovesciato, impregnando il tappeto. Laura sedeva appollaiata sul bordo della scrivania di Andy, con aghi di abete bianchi che le spuntavano dai capelli biondi, anche se erano difficili da vedere senza prestare attenzione. La sua crocchia ordinata si era allentata e i suoi capelli erano un groviglio sregolato. La sua intera espressione si era trasformata in quella di una ragazzina persa, come se non potesse credere a quello che aveva fatto.

"O mio Dio!" gridò Caroline, sua madre, entrando nella stanza con l'eleganza di una regina, con indosso un vestito di seta verde lungo al ginocchio che le abbracciava ogni curva e mostrava quanto fosse ancora una donna avvenente. I suoi capelli chiari, lunghi alle spalle, erano curati in modo impeccabile e, quando si fermò accanto a Jules, aprì la bocca come se non sapesse cosa dire. Poi, il suo sguardo furbo atterrò su Laura e i suoi occhi azzurri diventarono gelidi e implacabili. “Hai combinato un bel disastro, ragazza.”

Persino Andy venne colto alla sprovvista dalla freddezza del suo tono e non gli sfuggì il modo in cui Laura rabbrividì, come una ragazzina dimessa. Diavolo, da piccolo, Andy era solito tremare alla sola vista di sua madre, soprattutto quando la donna era in preda a uno dei suoi scatti d'ira, in genere dopo che le aveva rotto un inutile e costosissimo gingillo.

“Mi dispiace tanto, signora. Sono inciampata, ma... pulirò tutto” balbettò lei e si premette la piccola mano sulla gola.

Andy strinse gli occhi e guardò Caroline, che sembrava sul punto di fare una delle sue solite scenate. Fin da quando poteva ricordare, sua madre non aveva mai mostrato un briciolo di empatia nei confronti di nessuno, nemmeno di suo figlio. E questa volta non fu diverso. Guardò Laura con la stessa espressione da vipera e l'energia di una serpe che sta per colpire; poi esaminò il danno, lo scompiglio e il disordine con uno sguardo rapido e ben organizzato. Sollevando il mento e raddrizzando la schiena, parlò schietta: “Il danno verrà ripagato con il tuo ultimo assegno. Jules, assicurati che venga scortata fuori dalla proprietà entro i prossimi cinque minuti.” Guardò verso Laura. “Non tornare mai più. Se lo fai, chiameremo le autorità competenti.”

Andy spostò lo sguardo da sua madre agli occhi

sbarrati di Laura, adesso pieni di lacrime. Poteva dire che stava lottando per non crollare, poiché sembrava fare difficoltà a deglutire. "Madre, è stato un incidente. Sei un po' avventata. Per l'amor di Dio, è solo uno stupido albero, e io le ho ordinato di portarlo fuori da qui. Eravamo d'accordo che avresti potuto decorare l'intera casa, purché restassi fuori dal mio ufficio," disse Andy a sua madre, ma Caroline, che a volte poteva essere molto suscettibile, rimase in piedi inflessibile e inarcò un sopracciglio.

"Anderson, l'albero rimane. La ragazza no. Ho degli ospiti che devono arrivare per la nostra festa di Natale, come ogni anno. Avrai indietro il tuo ufficio dopo Natale. Jules, la ragazza, liberati di lei." Schioccò le dita e Jules sobbalzò, dicendo: "Sì, signora Friessen," e fece un cenno frenetico a Laura.

Caroline non si trattenne, ma uscì a grandi passi dalla stanza, con i tacchi delle sue scarpe argento che ticchettavano sul pavimento di marmo del grande ingresso e giù per due gradini fino a un delizioso soggiorno, con eleganti rifiniture bianche, decorazioni oro e pesca, finestre a parete e una moquette bianca di velluto. C'era anche un altro albero di Natale color crema alto tre metri e mezzo, decorato alla perfezione in oro, argento e rosso.

Caroline camminava a testa alta, come fosse a un concorso di bellezza, e avanzò a grandi passi verso un piccolo mobile rotondo dove una delle cameriere aveva sistemato un servizio da tè in porcellana. Doveva sapere che lui la stava seguendo, ma lo ignorò con un'abilità che aveva perfezionato anni prima. Era incredibile: sua madre aveva rotto gli schemi con lo snobismo, e non aveva mai incontrato nessuno che riuscisse a ignorarlo e decidere se guardarlo o meno come sapeva fare lei.

Caroline spazzò via il tovagliolo bianco che era stato piegato sulla tazza di porcellana cinese d'oro, si versò del tè e vi aggiunse una generosa quantità di latte. Lo sorseggiò e prese l'agenda del giorno, sedendosi all'antica scrivania col top in vetro vicino alla finestra. Non alzò gli occhi quando si sedette sulla sedia di pelle bianca, che era abbinata a tutti gli arredi della stanza. "Ti serve qualcosa, Andy? Come ho già detto, oggi ho un milione di cose da fare, fra sistemare la casa e prepararmi in tempo per la festa." Alzò lo sguardo su di lui e si stampò in faccia uno di quei suoi sorrisi plastici che incantavano sempre i senatori.

"Madre, non ho intenzione di continuare a discutere con te. Quello che hai fatto, licenziando Laura poco fa, non è giusto. Per l'amor di Dio, non meritava di essere trattata in quel modo" le disse piuttosto seccato, fece un cenno verso la biblioteca e si posò le mani sui fianchi. Rimase in piedi davanti alla scrivania guardandola torvo fino a che lei, lenta e con il controllo di un politico esperto, posò il tè e piegò composta le mani sul piano, per concentrare su di lui il suo sguardo glaciale.

"Anderson, questa è casa mia. Quindi, i domestici lavorano per me, e decido io come trattarli, chi rimane e chi va, non tu." Si portò la tazza di nuovo alla bocca, dette un sorso e gli rivolse uno sguardo di disapprovazione. "Laura, davvero? Già la chiami per nome? In un certo senso, sei davvero come tuo padre." Lo disse con un tale disprezzo, e il fatto che lei avesse alluso alla possibilità che lui si lasciasse andare a effusioni con la cameriera lo irritò a morte. Del resto, però, neanche dieci minuti prima aveva immaginato Laura con addosso qualcosa di davvero indecente a fare ogni sorta di cose volgari insieme a lui. Spesso si chiedeva quale genere di sesto senso avesse sua madre per la perversione. Ma poi, non poteva essere altrimenti, dato che era sposata con suo padre, Todd, che aveva la strana abilità di fiutare una nuova amante appena prima di stancarsi della precedente, solo per mantenere vivo l'interesse e caldo il letto. Suo padre riusciva a essere come un cane da caccia, quando la scia di un nuovo profumo lo stuzzicava. Ad Andy piaceva pensare che quella caratteristica appartenesse solo a Todd e avrebbe dato un pugno in faccia a chiunque lo avesse accusato di essere una canaglia che gioca con i cuori delle donne per gettarli via quando si fosse stancato. C'era una grande differenza tra l'Andy che poteva avere qualsiasi donna volesse e quello che assomigliava a Todd Friessen.

Quindi, digrignò i denti e ringhiò a Caroline, perché era davvero stanco di ripulire i casini di suo padre e sopportare l'arroganza di sua madre. "Sai cosa c'è di davvero incredibile? Il modo in cui tratti le persone, e lo fai da anni; ti limiti a schioccare le dita, aspettandoti che tutti scattino, senza preoccuparti dei sentimenti di nessuno. Tu e papà siete identici, ed è terrificante."

"Io non sono così..." sputò Caroline, ma Andy non la lasciò finire.

"Sei proprio come lui. Credi che tutti siano sostituibili e non te ne frega niente dei sentimenti altrui. Papà lo fa con ogni donna con cui va a letto. Tu, con i domestici, per come tratti tutti. Sai cosa? Ho chiuso con il sistemare i vostri casini. Ho la mia vita da vivere." Stava urlando, ma Caroline indurì la sua espressione meglio di qualsiasi serpente avesse mai incontrato. Quando lo fece, anche Andy provò un'ondata di preoccupazione, perché quella donna era l'unica a potergli strappare il tappeto da sotto ai piedi: non c'era modo di sapere cosa stesse escogitando.

"Ho invitato Alexis Johnston. Ti ricordi? La figlia del senatore. Si è appena laureata a Stanton e ho detto a suo padre che l'avresti accompagnata alla festa. Lui conta su di te. Non deludermi, Andy. Qualunque cosa tu stia facendo con le tue cameriere, tienila nell'armadio, dove deve stare." Pronunciò l'ordine come si aspettasse che lui rigasse dritto, quindi prese una pila di buste e iniziò a scorrerle.

Andy rise così forte che gli vennero le lacrime agli occhi. Sua madre era davvero un bell'elemento. "Devi aver bevuto o qualcosa del genere; non provare neanche a darmi ordini. Di certo non sarai tu a scegliermi la donna." Digrignò i denti e ringhiò: "Neanche per sogno, mamma." Poteva sentire l'irritazione mordicchiargli la nuca mentre usciva a grandi passi, e voleva solo sferrare un pugno contro il muro.

Ma non lo fece, e non era ancora neanche uscito dalla stanza quando Caroline parlò con voce forte e chiara: "Oh, penso che lo farai, dal momento che il senatore Johnson è nel comitato grazie al quale tuo cugino Jed ha ottenuto i finanziamenti per la sua equitazione terapeutica."

Ad Andy gelò il sangue, e tutta la rabbia infuocata che aveva contenuto qualche istante prima fu rimpiazzata da una serie di preoccupazioni che non provava da molto tempo. Solo sua madre poteva distruggerlo e lasciarlo del tutto senza parole. Si girò lento per incontrare il bagliore tagliente nei suoi occhi blu ghiaccio; era la donna che lo aveva partorito e che, non aveva dubbi, lo avrebbe gettato nel fiume, se le fosse convenuto.

"Sì, io e il senatore abbiamo parlato di quanto siano limitati i finanziamenti in questo periodo, dell'alto debito pubblico e di quanto debba essere selettiva ogni nuova programmazione. È un bel progetto, in realtà, quello che tuo cugino sta avviando con quella Claremont che ha sposato. Voglio dire, davvero, il senatore non può fornire finanziamenti a chiunque." Aveva il volto duro come la pietra, senza un guizzo di emozione. Si chiese per un momento se avesse un briciolo di sentimento in corpo.

"Si chiama Diana, ed era una Fulton quando ha sposato Jed. Non ha mai meritato di essere trattata in quel modo da bambina. Diana e Jed sono brave persone, mamma. Stai lontana da loro e dagli affari di mio cugino." Scandì ogni parola, ricordando a se stesso che era sua madre e, nonostante tutto, non sarebbe stato giusto a priori strangolare la donna che lo aveva messo al mondo. Ma sapeva anche che sua madre non faceva minacce: insinuava, scavava e distruggeva chi non le piaceva, senza mai dare alcun preavviso. *L'arte della guerra* avrebbe potuto scriverlo lei. Ma Caroline, dato che era lei, aveva sempre un piano, e non era saggio farle sapere cosa gli stesse a cuore, perché glielo avrebbe rivoltato contro. Andy l'aveva imparato con tanto dolore sulla sua stessa pelle nel corso degli anni. Quando aveva dodici anni, si era liberata del suo pony, Chantelle, quello a cui lui aveva sussurrato tutti i suoi sogni. Solo perché si era rifiutato di andare a una scuola di lusso per ragazzi in Inghilterra che suo padre, gli zii e i fratelli avevano tutti frequentato.

"Ho detto al senatore che andrai a prendere sua figlia in aeroporto domani. Soggiornerà qui alla tenuta."

Quella volta, Andy si allontanò prima di rispondere,

trasudando furia a ogni passo. Tornato in biblioteca, due domestici stavano tirando su l'albero di Natale caduto, mentre un'altra cameriera, sempre con indosso l'uniforme a sacco, era in ginocchio a ripulire i frammenti di vetro e le caraffe. Un altro ancora stava invece sfregando il tappeto zuppo di liquore.

"Uscite!" ruggì Andy e ognuno di loro interruppe quanto stava facendo e se ne andò.

Andy respirava a fatica attraversando di corsa la tenuta. Si infilò le dita tra i capelli e camminò avanti e indietro davanti alla grande finestra, osservando Laura che veniva scortata lungo il vialetto d'ingresso.

# Conosci gli O'Connells

Gli O'Connell di Livingston, Montana, non sono la tipica famiglia americana. Seguili nel loro viaggio verso il lato oscuro e pericoloso dell'amore, con una serie di thriller romantici da non perdere. Cresciuti da una madre single dopo la misteriosa scomparsa del padre, avvenuta diciotto anni prima, i sei fratelli ormai adulti vivono in una piccola città piena di segreti nascosti, bugie e inganni. Come la serie romantica incentrata sui Friessen, anche questa serie, piena di suspense e amori incredibili, segue le vite della famiglia O'Connell e la loro costante ricerca dell'amore.

**Gli O'Connell**

Il vicino

La terza chiamata

Il marito segreto

Una giornata tranquilla

L'impegno, mini storia degli O'Connell

Il padre scomparso

L'eroe della città

## *Il vicino*

"Una storia intrisa di dinamiche familiari, di angoscia e ribellione adolescenziale e di segreti che possono lacerare una famiglia".

REBMAY

**Il guardaparco Ryan è scioccato quando Jenny, l'amante di una notte di anni prima, si trasferisce nella sua città del Montana con la sua**

**problematica figlia, Alison. Ma non riesce a resistere all'attrazione che prova per lei, soprattutto quando Alison scompare e si scopre la verità sulla vera identità della figlia...**

Il guardaparco Ryan è uno dei sei fratelli O'Connell di Livingston, cresciuto da una madre single che è stata una roccia per lui. Ha un lavoro che ama e fino a sei settimane prima viveva una vita confortevole. Quando una nuova vicina si trasferisce e disturba la quiete della zona, portando con sé una figlia problematica, Ryan è scioccato nello scoprire che la donna è l'avventura di una notte con cui aveva passato la serata in un bar anni prima.

Ora, la splendida Jenny non è molto interessata a fare amicizia, ma nonostante la sua facciata di ghiaccio, man mano che Ryan la conosce, non riesce a combattere l'idiota bisogno di cercare di alleviare il dolore che lei cercare di nascondere. Allo stesso tempo, sa che nel profondo sia la madre che la figlia hanno un segreto e, se fosse intelligente, ascolterebbe l'avvertimento del fratello e si allontanerebbe da loro il prima possibile.

Quando Alison scompare, tutti in città credono che sia semplicemente scappata o che si sia cacciata nei guai, ma nulla della sua scomparsa quadra. È semplicemente partita per un'escursione pomeridiana nel parco e non è più tornata.

Jenny scopre di non essere sola quando Ryan prende in mano la situazione e parte con lei per il parco alla ricerca della figlia. Quello che non sa è che Alison è in realtà anche sua figlia e quando scopre la verità e il vero motivo per cui Jenny se n'è andata, il segreto potrebbe finire per dividere la famiglia O'Connell.

Fai clic qui per scaricare "Il vicino", disponibile presso tutti i rivenditori.

# Il vicino

## CAPITOLO 1

Più o meno, Livingston era una città tranquilla, tranne che per i suoi nuovi vicini, i più grandi stronzi della storia che tra l'altro non aveva ancora incontrato.

Ryan non era dell'umore giusto per avere a che fare con l'ennesimo stronzo quel giorno, mentre indossava stancamente una felpa grigie, dopo essersi asciugato dall'acqua di una doccia fresca nel caldo di agosto del Montana.

Lo stereo rimbombava dalla casa dei Kunkel, lì accanto. Althea Kunkel era stata una vecchia e dolce impicciona, che cercava sempre di sistemare Ryan. Era stata la vicina ideale, anche se aveva sempre invaso la sua privacy e la sua tranquillità, svegliandolo alle sette del mattino la domenica con panini alla cannella appena sfornati. A volte era stato costretto a entrare di nascosto, dopo aver parcheggiato in strada per non farle capire che era tornato e stare tranquillo un paio d'ore.

Ora non c'era più e a Ryan mancava.

Era difficile trovare buoni vicini.

Avrebbe dato qualsiasi cosa per riavere quell'impicciona di Althea al posto di quel farabutto senza nome che si era trasferito di recente accanto a lui. Ogni sera, nelle ultime tre settimane, il suo nuovo vicino aveva incessantemente messo la musica a volume così alto che il rimbombo dei bassi faceva rimbalzare l'unica opera d'arte, un dipinto di cani che fumano e giocano a poker, che aveva sulle sue pareti bianche e vivaci. Quel quadro era stato uno scherzo di sua sorella Suzanne, uno dei tre vigili del fuoco a tempo pieno di Livingston, e lui aveva giurato che non si sarebbe mai aspettata che lui lo appendesse in un punto così importante della casa.

Era una di quelle cose che facevano sempre i due fratelli per i loro compleanni, scavando a fondo e facendo a gara per trovare il regalo perfetto che l'altro avrebbe odiato. Ma Ryan era determinato ad avere sempre l'ultima risata e aveva appeso il quadro in salotto perché tutti lo vedessero. Gli piacevano i cani e ci trovava dell'umorismo in quel quadro, ma soprattutto poteva vedere quanto infastidiva sua sorella ogni volta che passava di lì.

"Maledetto stronzo", disse sottovoce verso la casa accanto, mentre scendeva le scale, a piedi nudi e incazzato, pronto a spiegare i doveri e i non doveri di un buon vicino, mentre il fastidioso tonfo continuava.

Aprì la porta di casa, desideroso solo di pace e tranquillità, di una birra e di un'ora o due davanti alla sua TV per guardare l'episodio di *Survivor* salvato sul suo PVR. Uscì dal portico coperto, con il cielo buio tranne che per i lampioni, e attraversò l'erba incolta, osservando la Hyundai arrugginita parcheggiata nel vialetto del vicino.

Dall'altra parte della strada, Ham Johnson, calvo e

sulla quarantina, con tre figli e una moglie che andava a trovare la sorella in Idaho una settimana sì e una no, quando la sua ragazza rimaneva a dormire, era in piedi sul portico a guardare. Sì, Ham era un altro stronzo, ma alzò la mano in segno di saluto e rientrò in casa.

La casa artigianale a due piani del vicino di Ryan era identica alla sua, con le margherite ormai appassite nelle fioriere. Osservò la casa illuminata, la porta chiusa e il rumore, quasi assordante, mentre saliva sul portico e stringeva la mano. La sollevò verso la zanzariera e la aprì con un cigolio appena percettibile, poi batté sulla porta. "Ehi, abbassa la musica!", urlò. Sapeva essere rumoroso quando voleva, ma aveva difficoltà a sentirsi, visto che la musica continuava a rimbombare.

Era un brano che conosceva bene, "Bad to the Bone".

"Fottuto stronzo", disse sottovoce, poi batté di nuovo il pugno sulla porta, più forte. Continuò a battere finché la musica non cessò improvvisamente e poté finalmente sentire il battito del suo cuore, il respiro affannoso e un evidente suono nell'aria, mentre la quiete della notte non veniva più interrotta.

Uno, due, tre... Sentì i passi e poi niente, costringendosi ad ascoltare, perché pensava che sicuramente lo stronzo si fosse fermato dall'altra parte della porta. Aspettava che si aprisse quando la luce si spense all'improvviso, non solo quella interna ma anche quella del portico, lasciandolo al buio. Ma che cazzo?

"Ehi, apri questa dannata porta!", disse e batté di nuovo sulla porta. I cani dei vicini ora abbaiavano e le porte si aprivano, come se il problema fosse lui. "Credi che non sappia che sei lì dentro? Cos'hai, due anni? Apri questa dannata porta".

Era sicuro che il suo vicino fosse in piedi proprio dall'altra parte, quel piccolo vigliacco del cazzo. Ora non aveva alcuna intenzione di andarsene. "Senti, non me ne andrò finché non avremo parlato e stabilito delle regole di base...".

La luce si accese, sentì lo scatto del catenaccio e guardò la maniglia girare e la porta aprirsi. Stava fissando i profondi occhi marroni di una ragazza di forse sedici, diciassette anni. Aveva i capelli neri lunghi fino alle spalle e indossava un ombretto nero, una canottiera verde militare scollata e pantaloncini che non lasciavano nulla all'immaginazione. Aveva anche un piercing al naso.

Per un attimo rimase senza parole. Lei non disse nulla.

"Abito qui accanto", disse infine. "Sono il suo vicino. Hai idea di quanto fosse alta la tua musica? Era così alta che non riuscivo a sentire i miei pensieri". Fece un cenno alla porta accanto con il pollice e notò il modo in cui lei lo fissava, con gli occhi che indugiavano sul suo petto nudo. Merda, era appena uscito dalla doccia e si era messo solo un paio di pantaloni della tuta. Non si era preoccupato di nient'altro.

"Mi dispiace", si limitò a dire lei, mentre si muoveva per chiudere la porta.

Lui ci schiaffò sopra la mano. "Ehi, aspetta un attimo. Sai, non è che questa sia la prima volta. Questo succede ogni notte da quando vi siete trasferiti. Chi vive qui? È una specie di confraternita o qualcosa del genere?". La prese in considerazione e poté vedere l'atteggiamento adolescenziale che emergeva prepotentemente da lei. Probabilmente lo avrebbe mandato a quel paese.

"Cosa te ne importa?", chiese lei. Il suo sguardo

andò dritto alla mano di lui premuta sulla porta, che la teneva ferma per non sbattergliela in faccia. In quel momento, lui capì come avrebbe potuto prenderla.

"Senti, tua madre o tuo padre sono qui?", chiese. Lei non gli aveva detto nulla su chi vivesse lì, non che lui ricordasse di aver visto qualcuno.

"No, solo io", disse lei senza distogliere lo sguardo da lui.

Dovette combattere l'impulso a ridere. "Quindi vivi qui da sola? Sei un po' giovane, non credi?".

Lei fece scivolare la mano sul telaio della porta e inarcò il fianco con un movimento stuzzicante che lo fece allontanare e indietreggiare. "Dipende da cosa ti piace", disse lei.

Si chiese se gli occhi gli si fossero spenti e si guardò alle spalle. "Piantala con le stronzate, ragazza. Non..." cominciò, ma proprio mentre lo faceva sentì una macchina e vide le luci lampeggianti di una volante che parcheggiava davanti a casa. "Hai chiamato la polizia?".

Lei alzò le spalle e lui credette di scorgere l'accenno di un sorriso. In quel secondo capì cosa aveva fatto l'adolescente, di cui ancora non conosceva il nome. Si trattava di una ragazza che poteva creargli seri problemi. Avrebbe dovuto chiamare prima lui la polizia!

"Sono così felice che sia arrivato, agente", disse la ragazza. "Non sapevo cosa fare. Mia madre non è qui e quest'uomo non se ne va. Mi ha minacciato e spaventato, battendo sulla porta...".

Ryan non riusciva a distogliere lo sguardo da quella che sembrava un'attrice intenta a realizzare la scena perfetta e anche la sua espressione sembrava quella di una ragazza veramente spaventata. Sentì lo scricchiolio del gradino e si soffermò solo un secondo a guardare l'agente che ora era in piedi accanto a lui, con le mani sulla cintura. L'uomo aveva gli stessi occhi blu di tutti gli O'Connell, i capelli scuri e ondulati con lo stesso taglio da poliziotto che portava sempre. Non era altri che suo fratello minore, che gli posò una mano sulla spalla.

"Fai sul serio?" Scattò Ryan.

"Beh, non lo arresterete?", chiese la ragazza con tono accusatorio e per un attimo si chiese se si trattasse di uno scherzo. L'espressione del volto di lei disse tutto sulla realtà dei fatti.

"Vuoi spiegare, Ryan?", chiese Marcus O'Connell.

Proprio in quel momento, Ryan notò i fari di una piccola Jeep Patriot che si stava accostando dietro la Hyundai arrugginita.

"Vorrei poterlo fare", disse. "Sono venuto qui a causa del maledetto rumore, uno stereo, che sento da settimane e ora tu sei qui. Ha chiamato la polizia?". Non riusciva a capire quando, forse mentre lei evitava di rispondere alla porta.

"Che succede qui?", chiese una donna mentre usciva dalla jeep. Aveva i capelli scuri, indossava una felpa larga e una gonna di jeans che le arrivava alle ginocchia e portava con sé quella che sembrava una busta della spesa. Accidenti, aveva un'aria familiare, ma non ricordava perché. "Alison, che succede? Che cosa hai fatto adesso?".

Era bella, anzi, carina, snella. Aveva uno di quei visi che non si sarebbero persi nella folla e lui vide una scintilla di riconoscimento quando lei lo vide. Niente di amichevole. Dovette scervellarsi per cercare di ricordare dove l'avesse conosciuta.

"Sono Ryan O'Connell. Vivo qui accanto", disse, e tese effettivamente la mano alla donna, che ora si trovava sul primo gradino. Per un attimo pensò che non l'avrebbe stretta, ma lo fece. Mano piccola, presa salda e occhi poco fiduciosi. Lei non disse nulla e a lui non sfuggì lo sguardo rivolto al fratello.

"La vostra musica era così alta che non riuscivo a sentire i miei pensieri", spiegò. "Sono venuto qui perché è diventata una cosa abituale. Immagino che lei sia uno dei suoi genitori".

La donna staccò la mano da quella di lui e spostò lo sguardo sull'adolescente all'ingresso. Sì, decisamente lo sguardo da mamma arrabbiata. "Mi dispiace tanto", disse, poi guardò l'adolescente. "Ti avevo detto niente musica ad alto volume! Ti chiedo scusa e ti assicuro che non succederà più".

"Beh, io non sono qui per il rumore", disse Marcus. "Questa signorina ha chiamato il 911 e ha detto che c'era un intruso che cercava di entrare, che era a casa da sola... Stavamo cercando di capire come stanno le cose quando è arrivata lei. Immagino che lei abiti qui".

Ryan si spostò indietro e si appoggiò al palo per guardare.

"Sì, mi scusi. Io sono Jennifer- Jenny e questa è mia figlia Alison". Passò la busta di carta alla figlia. "Hai chiamato la polizia? Cosa ti è venuto in mente?". La sua voce strideva e lui si chiese se fosse una cosa che la figlia faceva spesso.

Lanciò un'occhiata al fratello, che si limitò a scuotere la testa. Si chiese quante volte Marcus avesse dovuto affrontare questo genere di cose.

"Stava facendo lo stronzo, bussava alla porta", disse Alison. Non provò nemmeno a fingere di non aver appena inventato una grossa bugia. Ryan aveva sentito parlare di vicini infernali, ma non si era mai aspettato di averne uno. Rimase con le braccia incrociate sul petto nudo, cercando ancora di pensare a come avesse conosciuto Jenny.

"Non si chiama la polizia!", disse lei. "Davvero, Alison... Vai a mettere a posto la spesa".

"Aspettate un attimo", disse Marcus. "Chiamare il 911 per nulla è un reato grave. Se vengo chiamato qui per il rumore, ad esempio per la musica a volume troppo alto, vi multerò, perché questo è un reato".

Alison aveva in mano la busta della spesa e trascinò lo sguardo verso la madre, che sembrava avere a malapena l'età per avere una figlia adolescente.

"Posso assicurarle che non succederà più", disse Jenny. "Parlerò con mia figlia e farò in modo che si comporti bene".

Notò il tono della sua voce. Era lo stesso tono che sua madre aveva usato con ciascuno di loro quando si erano comportati male, tirandoli da parte da soli a casa per un discorso che non volevano fare. C'era la mamma divertente e c'era la mamma arrabbiata e che li metteva in punizione. Si accorse che l'adolescente stava per incontrare la seconda.

"Allora, la musica..." iniziò lui.

Jenny sollevò le mani, scuotendo la testa. "Smetterà, come adesso, e mi dispiace per il disturbo che mia figlia ha causato".

Alison si era già allontanata, sembrando del tutto indifferente al fatto che un poliziotto la chiamasse in causa. Era un guaio con la G maiuscola quella ragazza. Si chiese se non fosse il caso di avvertire anche Jenny di come sua figlia si fosse presa gioco di lui e si fosse offerta a lui.

"È tutto?", chiese. Alla faccia dei discorsi amichevoli

tra vicini. Stava ancora cercando di capire come mai lei gli fosse così familiare e quando si fossero incontrati.

"Immagino di sì", disse lui. "La musica è spenta, quindi il quartiere dovrebbe essere contento. Oh, ma forse dovresti tenere tua figlia un po' più sotto controllo", aggiunse allontanandosi dal palo e scendendo i gradini. Si fermò in fondo, osservando lo sguardo avvilito che il fratello gli rivolgeva. Infine, Ryan disse rivolto a Jenny: "Sto cercando di ricordare chi sei. Mi sembra che ci siamo già incontrati. Hai un aspetto familiare".

Lei emise un suono di disprezzo e incrociò le braccia. "Quindi non ti ricordi?", chiese.

Sentiva che il fratello lo osservava. "Sono bravissimo con i volti, ma nel mio lavoro di ranger incontro un sacco di persone. Ci siamo incontrati sul sentiero o da qualche parte in città o altro?".

Lei non sembrava impressionata. "Qualcosa del genere", rispose, e il modo in cui lo disse trasudava sarcasmo. Fece un gesto verso di lui. "È così che ti vesti sempre, mezzo nudo, sfoggiando quel petto perfetto?".

Accidenti, i suoi occhi erano dello stesso marrone scuro di quelli della ragazza e non gli sfuggì la rabbia che ribolliva sotto la superficie.

"Sono appena uscito dalla doccia e sono riuscito a mettermi solo questo", disse. "Un consiglio, Jenny: siamo vicini di casa. Sarebbe meglio andare d'accordo, ma finora non hai iniziato bene". "

Non riuscì a trattenersi e non era sicuro del motivo del sorriso divertito sul volto del fratello quando Jenny strinse gli occhi, alzò il dito medio verso di lui e poi entrò in casa chiudendo la porta.

"Wow, ci sai proprio fare con le donne", disse Marcus con una risata.

Ryan scese e osservò la casa in cui un tempo aveva vissuto una bella donna anziana. Dannazione, quanto gli mancava. "Sarà dura", disse, poi alzò la mano verso il fratello mentre attraversava l'erba, ancora a piedi nudi. "Ci vediamo da mamma domani".

"Ehi, Ryan, un consiglio?". Disse Marcus.

Si voltò, appoggiando le mani sui fianchi, senza dire nulla, sapendo che il fratello aveva qualcosa in mente.

"La prossima volta chiamami prima", disse Marcus. "Ho già visto succedere scene del genere e non sono belle. Ricorda, il tuo territorio è il bosco, il parco. Il mio è la città. Se una ragazza chiama la polizia e si inventa una storia, uno stupido idiota potrebbe finirci dentro e finire in prigione. Non finisce mai bene per lo stupido idiota, quindi non lasciare che sia tu a farlo". Marcus emise un sospiro e scosse la testa. "È un problema", aggiunse. "Stanne alla larga e domani tocca a te portare la birra".

Ryan guardò il fratello che saliva sulla sua macchina, spegneva le luci ancora lampeggianti e se ne andava. Non era sicuro di cosa lo avesse spinto a voltarsi verso la casa accanto, ma quando lo fece, era certo che la ragazza lo stesse osservando dalla finestra del piano superiore.

# L'autore

"Lorhainne Eckhart è uno dei miei autori preferiti quando voglio un buon libro garantito. Così tanti colpi di scena, ma anche così tanto amore e un così forte senso della famiglia".
(Lora W., Recensore)

La bestseller del New York Times & USA Today Lorhainne Eckhart scrive Raw Relatable Real Romance ed è meglio conosciuta per la sua serie di storie d'amore per famiglie numerose, dove "la morale e la famiglia sono temi ricorrenti. Pericolo, romanticismo e una spinta a fare ciò che è giusto vi vedranno incollati alla pagina". Come la chiama un fan, è la "Regina della saga familiare". (aherman) scrivendo "gli alti e bassi di ciò che accade all'interno di una famiglia, ma anche con un po' di suspense, angoscia e naturalmente un po' di romanticismo buttato dentro per buona misura". Seguite Lorhainne su Bookbub per ricevere avvisi su nuove uscite e vendite e unitevi alla sua mailing list su LorhainneEckhart.com per il suo blog del lunedì, notizie sui libri, omaggi e letture GRATUITE. Con oltre 120 libri, audiolibri e serie multiple pubblicati e disponibili presso tutti i rivenditori, ora tradotti in sei lingue. Lei è un destinatario multiplo del Readers' Favorite Award per Suspense e Romance, e vive nel Pacific Northwest su un'isola, è la madre di tre, il suo più grande ha l'autismo ed è un sostenitore per non rinunciare mai ai vostri sogni.

> "Lorhainne Eckhart ha questo modo misterioso di colpire il punto ogni volta con i suoi libri".
> (Caroline L., Recensore)

**Gli O'Connell:** Gli O'Connells di Livingston, Montana non sono la vostra tipica famiglia. Un'avvincente collezione di storie che circondano gli alti e bassi di ciò che accade all'interno di una famiglia, ma anche con un po' di suspense, angoscia e naturalmente un po' di romanticismo buttato dentro per buona misura "Pensavo di amare i Friessen, ma adoro assolutamente gli O'Connell. Ogni libro ha generi di storie totalmente diversi, ma l'unica cosa in comune è il modo in cui è in grado di avvolgere la famiglia, che è il cuore di ogni storia". (C. Logue)

**I Friessen:** Un'emozionante serie di storie d'amore in famiglia, i fratelli della famiglia Friessen trovano le loro relazioni messe alla prova, mettono in gioco i loro cuori e scoprono un amore duraturo! "Lorhainne Eckhart è uno dei miei autori preferiti quando voglio un buon libro garantito. Così tanti colpi di scena, ma anche così tanto amore e un così forte senso della famiglia". (Lora W., recensore)

**Le sorelle Parker:** Le sorelle Parker sono una famiglia molto unita, e come ogni altra famiglia hanno i loro alti e bassi. "Eckhart ha creato un altro intenso dramma familiare... Lo sviluppo dei personaggi è eccezionale e l'investimento emotivo è alto..." (Aherman, Recensore)

**I fratelli McCabe:** Unitevi ai cinque fratelli McCabe nei loro viaggi nel lato oscuro e pericoloso dell'amore! Un'intensa ed esilarante collezione di thriller romantici che non vorrete perdere. - "Eckhart ha una nuova serie che vale sicuramente la pena leggere. La regina della saga familiare ha iniziato questa serie con uno spin-off della sua serie di grande successo Friessen". Da un'autrice premiata da Readers' Favorite e "regina della saga familiare" (Aherman)

*Lorhainne ama ascoltare i suoi lettori! Potete connettervi con me a:*

www.LorhainneEckhart.com
lorhainneeckhart.le@gmail.com

# *Link alla lista dei libri di Lorhainne Eckhart*

I seguenti titoli di Lorhainne Eckhart sono disponibili in ebook, audiobook e paperback. Si prega di scorrere in basso per i link o di visitare il suo sito web all'indirizzo www.LorhainneEckhart.com per tutti i rivenditori disponibili.

## L'eredità dei Friessen

Il bambino dimenticato (Brad ed Emily)

Un bambino e un matrimonio

L'eroe perduto (Andy, Jed, ed Diana)

**Il risveglio** (Andy ed Laura)

**Segreti** (Jed ed Diana)

Fuga (Andy e Laura)

In ritardo (un corto della serie Outsider)

La tempesta inaspettata (Neil e Candy)

Il matrimonio (Neil e Candy)

La scadenza (Andy e Laura)

Il prezzo dell'amore (Neil e Candy)

Un diverso tipo di amore (Brad e Emily)

Un voto d'amore, un Natale della famiglia Friessen

La Riunione

La linea di sangue (Andy & Laura)

La promessa (Diana & Jed)

Il piano d'affari (Neil & Candy)

La decisione (Brad & Emily)

Primo amore (Katy)

La famiglia prima di tutto

Lascia la luce accesa

Nel momento

In famiglia: Un Natale della famiglia Friessen

Nel silenzio

Tra le stelle

La seduzione

Conseguenze inaspettate

Sei sempre stato tu

La prima volta che ti ho visto

Tra le mie braccia

Benvenuti a Boston

Ti amerò sempre

Regole di base

Una ragione per respirare

Tu sei tutto

Qualsiasi cosa per te

Ritorno a casa

Stai lontano da mia figlia

Il cattivo ragazzo

Un posto da chiamare nostro

Il Visitatore

Tutto sul Devon

Molto tempo dopo l'alba

Come guarire un cuore

Tienimi nel tuo cuore

**Gli O'Connell**

Il vicino

La terza chiamata

Il marito segreto

Il giorno tranquillo

L'impegno

Il padre scomparso

L'eroe della città natale

Giustizia

Il segreto di famiglia

Il caduto O'Connell

Il ritorno degli O'Connells

E poi se n'è andata

Lo stalker

Un Natale della famiglia O'Connell

La ragazza della porta accanto

Promesse infrante

**I Fratelli McCabe**

Non Fermarmi (Vic)

Non prendermi (Chase)

Non scappare da me (Aaron)

Non nasconderti da me (Luc)

Non lasciarmi - Claudia

I fratelli McCabe, la collezione completa

Fuori dal tempo, una novella di Natale McCabe

**La serie Billy Jo McCabe Mystery**

Niente è come sembra

Nascosto in bella vista

Il caso irrisolto

La trappola

Al Di Sopra Della Legge

L'estraneo alla porta

I Bambini

L'Ultima Spiaggia

La Carità

Il Sacrificio

**I fratelli Wilde**

The One (Joe e Margaret)

La luna di miele, un corto dei fratelli Wilde

Fuoco amico (Logan e Julia)

Not Quite Married, un corto dei fratelli Wilde

Una questione di fiducia (Ben e Carrie)

The Reckoning, Un Natale dei fratelli Wilde

Scambiato (Jake)

Unforgiven (Samuel)

La sposa in vacanza

**Sposato in Montana**

La sua promessa

La promessa dell'amore

Una promessa di per sempre

Sposati in Montana la collezione completa

**Le sorelle Parker**

Il Brivido dell'Inseguimento (versione inglese)

Il gioco degli incontri

Giocare duro per vincere

Ciò che non possiamo avere

Vai per la tua strada

Un matrimonio a giugno

**Kate e Walker**

Una notte

Bordo della notte

Ultima notte

**Camminare sulla strada giusta**

La scelta

Persi e ritrovati

Merkaba

Bounty

Blown Away: Il capitolo finale

È tornato

**La serie salvata**

Salvato

Svanito

Catturato

Titoli singoli

Amare Christine

CPSIA information can be obtained
at www.ICGtesting.com
Printed in the USA
LVHW040554021222
734355LV00006B/445

9 781998 775309